石頭與桃花

西西 著

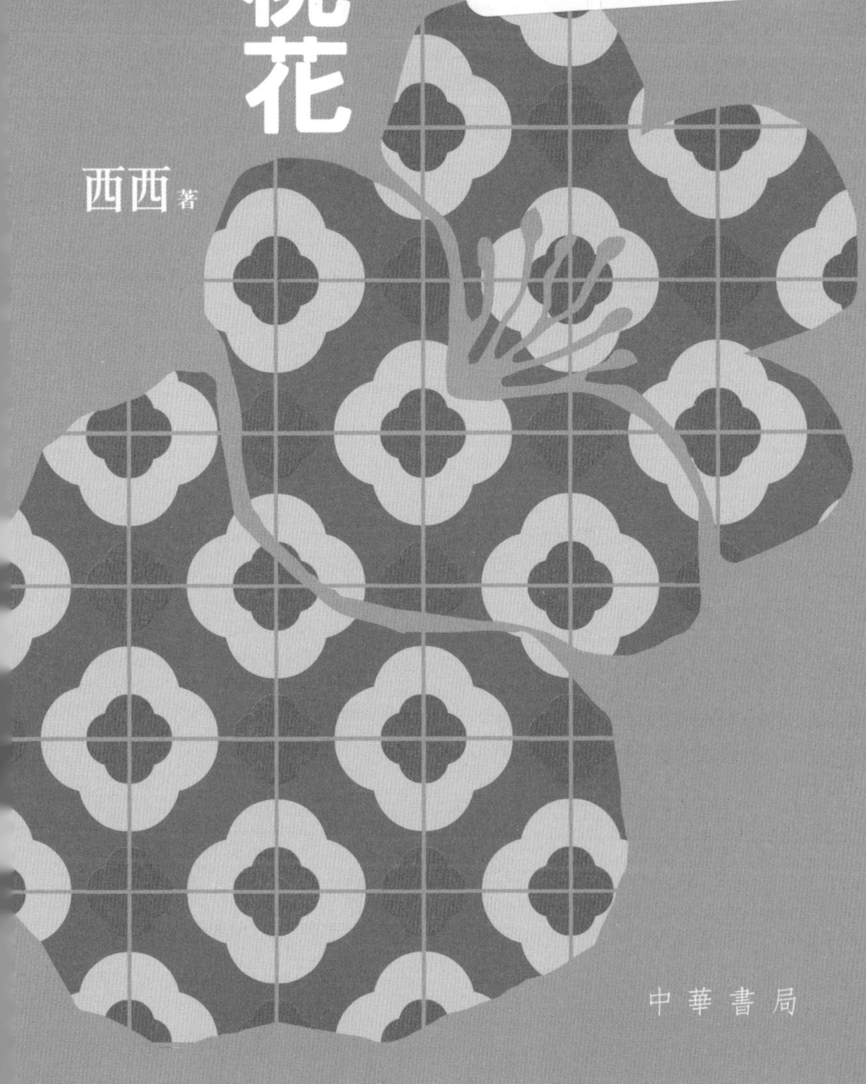

中 華 書 局

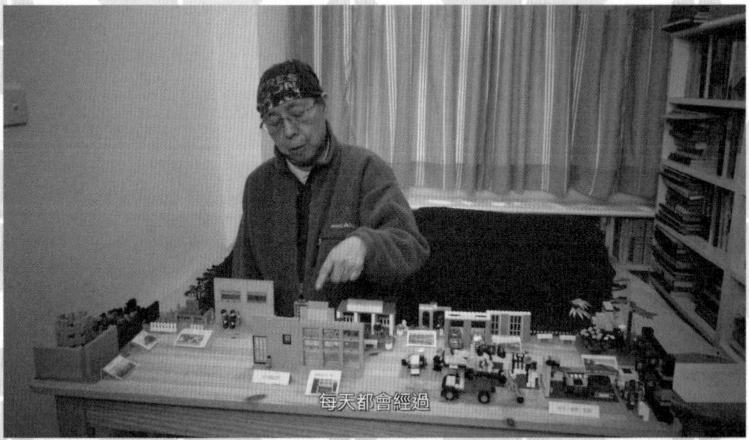
每天都會經過

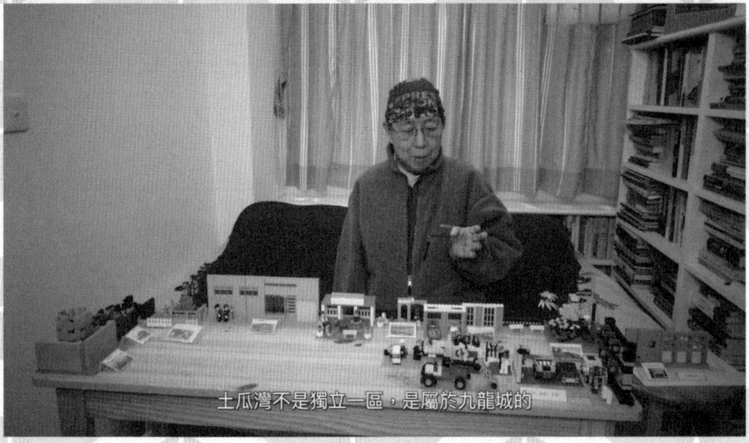
土瓜灣不是獨立一區，是屬於九龍城的

紀錄片《候鳥》中西西砌出土瓜灣

土瓜灣

土瓜灣圖，余穎欣繪。

螺旋形星雲
（西西摺紙）

蟲洞
（西西摺紙）

黑洞，或稱暗星。
（西西摺紙）

目錄

卷一

文體練習 12
仿物 20
星塵 41
石頭述異 78
桃花塢 127
土瓜灣敘事 156

卷二

232 離島
237 一封信
249 我從火車上下來
256 泳
262 划艇
268 風扇
284 冰箱
291 浮板
296 幾句代跋 何福仁
300 小說發表日期

卷

一

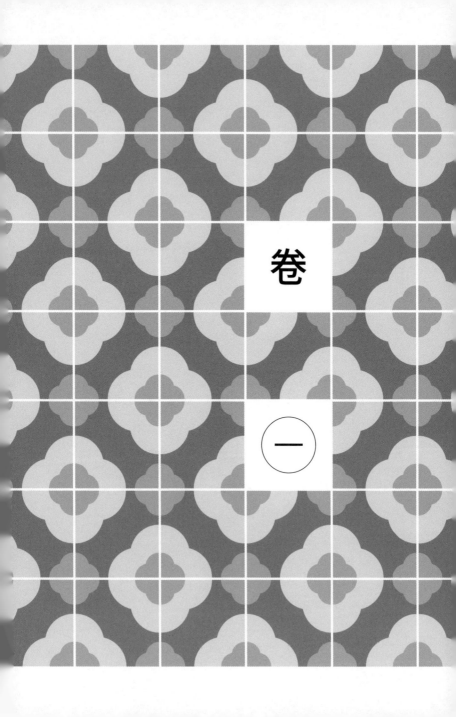

文體練習

《文體練習》（台譯《風格練習》，*Exercices de style*）是法國作家雷蒙·格諾（Raymond Queneau, 1903-1976）寫的小說。從作品的名字看，可以知道，這個小說主要不是寫甚麼故事，雖然，情節仍是有的，人物也有，時間、地點都齊全，但那些都不重要。作者的目的是想展示「怎麼寫」，而不是「寫甚麼」。

格諾最廣為人知的作品是一九五九年發表的小說《莎西在地下鐵》（*Zazie dans le métro*），因為新浪潮的名導路易·馬盧拍成電影。《文體練習》的內容很簡單，幾行就可以寫完。話說敘事者（「我」）乘搭公車，在車上見到一個男子和身旁的乘客爭吵，又火速搶佔座位。稍後，敘事者在另一車站又見到這男子，男子的同伴建議他在風衣上多加一顆鈕扣。

脾氣暴躁的人、不同的時間、不同的地點；爭執、鈕扣，都是芝麻小事，甚至各不相干，總共兩小段、八行字，其實算不得情節，很難寫成小說。那麼，如何衍生、變化成二百多頁的一本書呢？那是作者從起首的八行字發展的結果，作者用不同的方式，延伸出九十九則故事，彷彿寫作的練習，不同文體的練習。這八行字，是限制，也是挑戰。這令人想起羅布．格利葉新小說的做法，每次重複又寫多一些。不過同中有異，格諾是同樣的材料，卻嘗試不同的烹調。

我覺得全書非常有趣，讀了也練習寫一篇，向這位前輩致敬。他寫了九十九則，我呢，會寫六則。六則，大概也夠了。事實上，不同的人對同樣的物事，即使芝麻小事，也會有不同的看法。這是個歧異、分裂的社會。這樣說，並沒有貶意，換一個說法是：多元。「怎麼寫」與「寫甚麼」，畢竟是一個大銀的兩面，只是遊戲的時候，有人選公仔，有人選字。

從前

這條街的樓房，樓下都是商鋪，樓上全是住宅。住在這裏的居民大多都感到滿意，因為樓下有兩間茶樓、兩家銀行、一間郵局、兩間超市。還有一間診所、一些其他的小店、辦館。可以自成一個自足的社區。而且街道相當寧靜，很清潔，行人道上隔十來步就有一棵樹，數數，一共十棵。

街頭還有一間涼茶鋪，養了一頭波斯貓，純白色，圓頭寬臉，喜歡坐在凳子上，性情待考，年齡？看牠大帥似的鬍子，應該也不小了。街尾有一間洗衣店，也養了一隻唐貓，啡黃色，虎斑紋，年輕得多，喜歡坐在門口，很乖。看了麻雀，只是興奮地、凝神地注視，並沒有走出撲打。

當下

這條街的樓房，樓下都是商鋪，樓上全是住宅。住在樓上的居民大多都不滿意，因為兩家銀行都不見了，一里外才有兩個自動櫃員機。樓下兩家茶樓，不再接待街坊，只服務一團一團的內地訪客。旅遊車一車一車駛來，堵塞了街道。診所關了門。街前街尾的小店變成五間巧克力店、三間藥妝店，專賣政府註冊免稅正藥云云。社會是應該進步、向前的，一個酒樓老闆說，你不能改變潮流，那就改變自己吧。

遊客簇擁，來了又去，遮蔽了街道，行人都只好走到馬路上去。街道非常骯髒，滿地紙屑和煙蒂。空氣污濁，喧聲四起。樓下的管理處都貼上溫馨提示：請勿堵塞門口，給我們一條生路，讓我們通過。洗衣店的玻璃窗櫥上貼一告示：內貓甚惡，伸手弄牠，後果自負。

敘事

這條街的街頭有一間涼茶鋪，養了一隻乳白色的波斯貓，扁鼻扁臉，兩道淚痕，其貌不揚，近白者痴，一副九品芝麻官模樣，常和茶客平起平坐，矇然對望。

叫牠阿寶，牠好像聽到，又好像沒有。

街尾的洗衣店，養了一隻短毛啡黃色唐貓女，生得眉清目秀，個性溫馴，名叫芝芝。路過時與牠對望，芝芝，牠會文靜地眨眼，非常友善。惡貓云云，全因新聞報道，某店有遊客母子入內，不知何故，小孩見貓就拖牠的尾巴，被貓轉頭咬了一口，婦人向店主索償三十萬。

電台的新聞記者訪問過婦人，她整理一下頭髮，說，賠錢事小，小孩擔驚受怕事大，難保不會產生惡夢，影響他的成長，難道畜生比人更重要嗎？

意識流

涼茶鋪的白貓，性別不詳，一味癡肥，終日睡在一張凳上，一動不動，也不作聲。茶客偶然逗牠，牠也不理睬。牠可會內心獨白？我不喜歡涼茶的氣味，我又沒有感冒；不過也慣了，還有甚麼驚喜。當牠抖着小腿做夢，誰知道牠會夢見甚麼。

白鴿、三文魚、小狗、和尚、春天。

意識流？洗衣店的芝芝最拿手，雖然牠不知道何謂內心獨白、何謂意識流，牠完全不會分別。牠又不是第一隻不會分別的貓。牠在地上伸一下懶腰，霍地跳上桌子上，呆了一陣，不記得想做甚麼，忽然又跑到門口，站定，怎麼在門口了，門外除了一棵枝葉稀疏的樹，久已沒有來訪的麻雀。她豎直耳朵，好像聽到一棵樹在慘叫，一個月之前、兩個月之前？一輛給超市送貨的貨車，把其中一棵樹撞倒了。

前晚期風格

洗衣店店主手持掃帚，在店門外打掃，都是遊客留下來的垃圾，這是他每天打烊前的循例工夫。他還為店前左右兩棵樹灑水。這兩棵樹被主理民政的人裁剪得七零八落，半生不活。洗衣店的生意還是可以的，儘管同一街道，已開了兩家自助的洗衣店。芝芝呢，也循例每天清早在店門口排開三至五隻蟑螂，獻給戶主。戶主撫撫牠的頭，牠站得挺直，捲起尾巴，瞇起眼睛。戶主晚上回家，就留下芝芝看守。牠度過了許多許多個孤獨的夜晚，然後等待門閘拉開。

兩名婦人坐在涼茶鋪的角落吃龜苓膏，一名長者站在行人道上喝廿四味，他手持拐杖，對老闆說，我三天不喝涼茶，就喉嚨乾燥、熱氣，知道嗎，你爸爸當年開鋪時，不是廿四味，而是廿八味，味外有味。老闆答：能撐到今天，你以為容易嗎，真是有苦自家知。

波斯貓阿寶一直躺臥在櫃台上，牠多年前已聽過這位長者的想當年。這時一隻蟑螂在台上悄悄爬過，馬上發現甚麼，停下來，原來是一雙半開半閉的大眼睛。對望了好一會，再急急竄過。誰知道，不是死定了的麼？阿寶縮起四肢，繼續閉目養神。

後晚期風格

涼茶鋪怎能沒有貓？小寶是另一隻波斯貓，不過是灰色的，精靈活潑。客人有的在店外喝多年味道不變的廿四味，進來坐下喝的是感冒茶，瓷碗裏的茶太熱了，等一下。小寶高興極了，在客人腳下纏繞，用頭揩擦，直到客人摸摸牠的頭，很乖的小貓。但也有那麼一個人，馬上提起雙腳，苦茶未喝，已經一臉鬼見愁。她住在樓上，要不是重感冒，也不會下樓。她說：再來，我一腳把你踢出門外。小寶很錯愕，牠只見那人咬牙切齒，會說她的話就好了。她再說：我每星期打死兩隻貓，這星期還未發市。這時涼茶鋪鋪主也緊張起來。她低聲對他說：精神上的。

芝芝呢？瘦了許多，食慾不振。看過兩三次醫生，照過 X-ray，發覺大腸有小腫塊，不知是良性抑惡性，但年紀大了，不宜開刀。戶主把牠的睡籃放在門旁，讓牠可以看看門外。牠偶然抬頭，有雀鳥飛過，也沒有太大的興趣，低下頭睡去了。戶主摸摸牠，芝芝，芝芝。牠也不打開眼睛，只是喉頭呼嚕呼嚕，好像說，放心，我很好。

二〇一五年五月

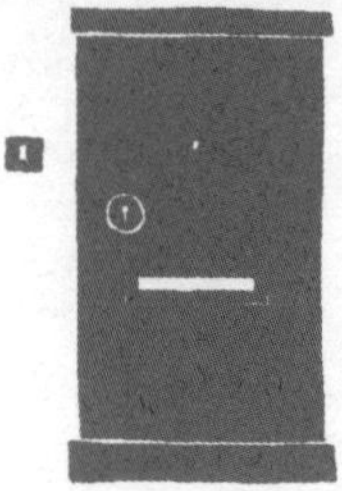

仿物

重讀喬治·佩雷克（Georges Perec, 1936-1982）小說《物》（*Les Choses*），仍然很喜歡。我一直對別人描寫房子、家具、室內佈置等物很着迷。這也是我後來喜歡玩微型屋的原因，追溯起來可能是我中學的家政老師的培育，不知是禍是福，上課時師生只有我倆，她常常帶新出版的室內設計雜誌讓我看。

法國作家佩雷克是波蘭猶太移民後裔，好像離我們久遠了。對我來說，才不呢，他和我原來只相差一歲。我讀他的《生活使用手冊》（*La Vie mode d'emploi*）認識他，那時就喜歡。如今重讀《物》，試仿寫一篇，向這位早夭的天才致敬。

佩雷克的作品，當初披露，一般以為是法國「新小說」的類型，是阿倫·羅布·

格利葉、娜塔列、薩侯特、克勞岱、西蒙等稍後之秀。「新小說」的理論說得頭頭是道，作品卻並不好看，只有西蒙是例外。不過，評者逐漸看到佩雷克和新小說其實不同，他並不「純客觀」，筆下有更多社會現實的內容。

《物》原名是眾數，當然有許多物件好寫。我嘗試寫得簡約些。讀者覺得沉悶，不要再看下去好了。

第一部分

打開寓所的大門，大家會看見一個長方形的大房間，有點像個平行四邊形。其中，左右的牆短些，前後的牆長些。四周都是牆，只有一個大窗在對面角落。另有一門在這邊角落，如此而已。

嗯，這會是眾人的看法。我可不這麼看。因為這是我經過許多年的構思、設計和築造。這，是我生活的地方，我的家。

一、玄關

打開大門，只見四周被牆包圍。我們站在門口，門的右手這邊是東牆，闊二米；左手那邊是南牆，闊七米。您見到的應該只是二乘七米的一幅面積。但我，我的計算法不只是一個大空間，而是五個小空間，彼此之間相連，沒有邊界。

這第一個空間，依我的設計是玄關，是入口處二乘二米的小小面積。雖然小，卻貼牆擺了兩個高櫃，一個是帶玻璃門的棉織品儲藏櫃。我的棉織品實則不多，不外是些床單、枕袋、枱布。當初買回來原想作書櫃，哪知不是任何櫃都可用來裝書。新櫃裝下一排書後，橫木已經以弧形姿態表示抗議。所以，這櫃只有最低的一層才放書，上兩層都是輕巧的玩具。

另一個櫃是古色古香的中國木櫃，滿身雕刻了花卉，分上、下兩層。上層如同古建築的槅扇，由欞條構成。內有小抽屜，並有隱秘的暗格。這個櫃看似輕巧，卻很紮實，所以裝滿書本。

兩個櫃排排站，櫃頂還可擺瓶瓶罐罐，甚至一座森林家族娃娃屋。櫃側靠着一個四折屏風和兩個大瓷花瓶及一個箭筒。

二、飯廳

門口左邊貼牆站着一個一米高的櫃，從正面看，分兩部分，上半是兩個抽屜，下半是兩扇門，身上刻有少量幾何圖案。櫃頂上擱着面貌清新的圓形時鐘。櫃的對面，也是貼牆，站立一個高櫃，由木條和玻璃框格組成，模樣似哥特式建築，被我稱為「大教堂」。此櫃前面擺有一方桌和兩把靠背椅。這個空間，是我家飯廳。為甚麼伴着飯廳的只有兩把椅子？因為我家只住着兩個人。

我家飯桌和椅子並非一套，它們互不相關。桌子是桌子，椅子歸椅子，分別散買回來。不過，椅子卻又特別些，把把不同，身上各有花朵紋樣，在一間叫 Tequila Kola 的家具店 bargain corner 撿得，一共六把，分佈家中各個角落。這些不成套的椅子，顯然是整套中被抽離出來的剩餘分子，其中有破損敗壞的地方，於是遭肢解重組、七拼八湊，勉強組合起來，成為孤寡的流浪者。

三、客廳

從飯廳向左方延伸，是我家客廳，極少賓客來訪，二乘二米的空間已經足夠。飯桌旁是一張兩座位沙發，對面是張單人靠背框架木凳。一隻茶几擠在木凳和矮櫃中間，茶几上放着電話。沙發前有一木箱，當茶几用。簡單的四件家具，構成了我的小客廳。木凳背後牆上掛了一張土耳其羊毛地毯，內容是十六幅清真寺的列陣，每座清真寺內長着一棵生命樹。

四、影音室

從沙發再向左延伸，是另一個矮櫃，剛好位於北牆的大窗下，櫃面有時會出現盆栽，通常只是擺着彩色玻璃瓶和青花瓷盆。大窗開在東西牆的交接處，再無可延伸，只可拐彎接西牆，那幅牆前是一個矮架，托起一台電視。電視之上的大片空間恰好適合掛海報，這時掛的是馬蒂斯的《紅房間》。此一空間正是我的影音室。

五、書房

這是一個很別緻的設計，被稱為「園中園」，靈感源自江南水鄉園林獨特的佈局。一如那些拙政園、滄浪亭、網師園等。在園林整體的大面積中，會以圍牆隔開出一個小小的精緻的小園舍，離群獨立，一派孤芳自賞的氣味，這就是園中園的隱逸氣質。其實，在一般的家居樓房中，即使空間狹窄，仍有可能營搭在任何角落、凹凸空隙，以一張小桌，加一矮凳，即可做成。何況二百平方呎的面積。

在電視機的一旁，西牆與南牆的交界處，正空着一幅二乘二米的方格，於是成為大室內的園中園，其中全部家具僅四件：一座高櫃貼緊西南牆的拐角，正好連接旁邊的電視。這高櫃是罕見之作，分上、下兩層，上層雙門為玻璃櫃，下層共十六個抽屜：橫、直四行，每行四個，帶金屬把手。每一抽屜可收納二十枚CD，正配合旁邊的音響組合。翻查家具黃頁，並無資料可以追蹤，不知屬於甚麼年代、風格、歷史，櫃頂還冒出兩個圓拱。整體厚實緊湊內斂，和室內的「大教堂」各呈異趣，因此稱之為「羅馬教堂」。

一把靠背椅擺在此教堂前，椅前是一張花梨木書桌，屬掀板式書枱，用時打開，不用時關上，變回矮櫃。此乃西洋式設計，盛行於十九世紀，桌面有柵格及小抽屜，桌子本身有三個大抽屜代替枱腳。這張書桌的擺法與眾家具不同，並不與牆平行，雖貼牆，而是與之成一直角。書桌背面則是另一矮書櫃，兩者高矮長短相若，故背對背而立，形成一道「九龍壁」，書桌向西、書櫃向東。屋主在這角落讀書、書寫，不受干擾。電視旁邊還有一柱象牙色落地燈照明。一位曾到此地茶敘的友人對滿身刻花的書桌看了半天，問道，在哪裏可以買到？答曰，是在中藝，當年的彌敦道大火燒毀的嘉利大廈地庫。電視前一個繪滿鳥的小漆櫃也是在那裏購得，都是數十年前的往事了。

六、走廊

回到寓所的大門口。從這守宅大將軍朝前走五步，就到了房子內部第一道門。搬進來時門並不存在，而是在裝修的時候特別加插的。這麼一來，因為有了一扇門，屋內就可分隔為前後兩個明顯的分區；再說，一扇門可以成為很漂亮的室內裝飾品。任何一塊平平無奇的門板，可以挖空中心的部分，用木條把那中空的空隙分為十二等份，然後鑲上一幅大玻璃，於是，門扇雙面透明了。光是通透，缺乏創意，也顯得呆滯，應該掛一幅布簾在門上，正如當下的模樣：布簾是白底藍花，圖畫是田園風光，小橋流水、茅屋花樹點綴其間，遠遠有兩隻身穿維多利亞服飾的貓兒提着藤籃到郊野來野餐了。那邊是三隻貓兒在奏樂，一個打鼓，一個吹牧笛，一個唱歌；那邊是兩隻貓兒，穿着水手裝、戴着闊邊草帽騎着腳踏車。每次看見就覺得心曠神怡。門簾何止一幅，冬天的是一幅中國水墨風景，夏天就換上潔白蕾絲織品，簾腰繫上明黃飄絮流蘇。

還是把寓所的大門關上才是。門背後原來放了一件四折屏風，沒有展開，屏風可以放在任何位置，可護私隱，屋小，倒委屈它了。這屏風身上並無刺繡圖畫，也沒有任何珠寶玉石飾物，卻是個精心製作的畫框，每折分別隔出五個小小的方格，一座屏風可展示二十幅圖畫，真是驚人。如今框格內嵌的是伊斯蘭建築的圖片，早一陣還展示過為配合聖誕節的文藝復興畫家所繪的各式聖母及天使。把家裏的斗室幾乎變作畫廊了。目前，大門背後靜悄悄的，是屏風前的地上擺了兩個大花瓶和一個箭筒，一卷卷海報正插在筒內。

早些年，街市的天橋底下有一間缸瓦鋪，忽然一日，擺出許多瓷器，有花瓶、箭筒、蓋碗等等青花或彩繪物體，據說是國內秋季交易會展覽完的貨品，不是甚麼精品，運來銷售，價錢都是二、三十元一件。每天就去搬幾件回家，雖然打破了不少，還是堆得滿屋子都是，櫃枱上、櫥頂上仍見到它們，和一眾娃娃屋爭風采。小走廊內的一個印度彩繪朱紅矮櫃上面，不是還有一件鵝蛋形的瓷碗麼，碗蓋卻是一隻綠色的鴨子。

小走廊很短，五步走完，但令人驚訝地擁有五扇門，也就是從它可以進入五個不同的空間，的確是五福臨門了。但它本身只容得下一個矮櫃，以及牆上一幅中國古刺繡。朱紅色刺繡繡的是鴛鴦戲水。畫中為一株植物，兩朵荷花，一片蓮葉及一朵蓮蓬。針步極細密，不留一線空隙，有趣的是，兩隻鴛鴦看來看去，竟一模一樣。

七、廚房

走廊內的第一道門是入口。進口的左邊是廚房。本來，走廊與廚房之間有一扇隔門，可是經過考慮，那門給拆除了。業主搬進來時，只有兩個人居住，她們是兩姊妹。妹妹長久以來，是家族人口中的家務卿，此職日久不變，尤其是她是廚藝高手。廚房的一切，由她打理，有責，就有權，無論設備、擺設，都由她決定。單從外表看，這廚房和所有的廚房相似，不外爐灶鍋鑊，只有站在走廊上，聞到食物的氣味才知一二。

八、浴室

同樣地，浴室在廚房斜對面，也是家務卿管轄之地，其內容也和任何浴室的內容相同，擁有浴缸和洗衣機、鏡箱和雜物櫃。與眾不同的只是採用象牙色的牆磚和淡咖啡色的地磚，磚牆上只有四塊花卉圖案的西班牙方格磚飾。比較特別的是，室內極少瓶瓶罐罐之物，也沒有甚麼香味。

九、主人房

主睡房和浴室門相對，位於廚房的背後。房間寬闊明亮，西側是一列三格大窗，朝西，就掛着厚厚的窗簾，好處是冬日成為溫室。這是屋主的臥室，因為寬闊，也同時成為工作室，除工作桌外，還容納了兩個書櫥和一個矮櫃。早年國貨公司出售的帶玻璃門的書櫥，真是難得的書櫥，扁扁窄窄，成年人的高度，實木，厚板，中分四格，重重的書排在板上，紋風不動，哪裏會這邊放進去，那邊蓬蓬蓬掉到地上去的風景。數十年來，依然不變，如果世局也會如此則天下太平了。

房間大，又光亮，當然實用，既是睡房，又是工作室。除了床、櫃，還可大剌剌地擺一張大長方桌，正好把手提縫紉機擺在桌面，閒來縫補衣物，做些小布偶。

十、小睡房

許多年前，近渡輪碼頭建了三列樓宇，佔了三條街道，每列一字兒排開，是相連的十幢高樓，一律十四層高。那麼低的層數，完全因為地近附近的舊機場，新機場還沒有出現哩。這個新屋苑吸引許多人參觀，包括許多的空姐、少爺，如果租住一層，上班多麼方便。價值不算昂貴，每層約十六萬。附近那些戰後的唐樓只是四萬一個單位。當然，唐樓沒有電梯，室內沒有間隔，浴室沒有浴缸和抽水馬桶，生活質素自然高不起來。

當年住在附近唐樓的住戶，閒來無事都愛去「看房子」，我是其中之一，因為我想搬家。本人住的房子，樓上的住客在天井上僭建居室，令我家的廁所牆壁裂了一條縫。其他的缺點也不必多提了，像對面的一戶住客迷信，門外擺設地主、財神，天天燒燭點香，地點恰在我家門外，煙火填滿我家。我去看房子，也是湊熱鬧，根本沒有能力購置，但看後印象深刻，念念不忘，哪裏想到日後自己能搬入心儀的單位居住呢？命運是不可預卜的。

一層樓房，是甚麼吸引了我呢？是兩個房間。也不得不佩服設計樓宇的建築師。樓宇中的一個單位，其中兩個房間呈曲尺形相連，特別之處是相連的兩個空間竟沒有牆，所以，兩個房間是打通的，成為一個可以團團轉的地方。門有兩扇，房間是一大間。這有一個好處，住戶可以自行建牆變成為兩間小房，否則，原封不動，享用一個大房子的趣味。

我參觀過示範單位之外的實用單位，有一個住戶，兩夫婦及一個新生的嬰孩居住，他們就睡在兩房中的一邊，把嬰兒床放在另一邊，兩邊門都可以進出，可愛極了。當然，也有住戶建了隔牆，因為住客較多，但他們都聰明，利用這相連的邊緣地帶，建的不是實牆，而是兩個方向不同的大衣櫃，真的太完美了啊。

小睡房內放一張雙疊床，上鋪給為照顧染病的妹妹而僱的女傭睡。房內貼牆放一高一矮兩個櫃，高的名「印度花園」，是個印度繪花木櫃，大紅色，內外都繪滿花朵；另一矮櫃名「中國花園」，櫃門上鑲兩塊石板魚，繪的是上百名兒童在花園中遊戲，看金魚，捉迷藏，賽跑，下棋，各適其適。

尾聲

我從哪裏來？

從宇宙來。

我將到哪裏去？

回到宇宙去。

我是宇宙中微之又微的微塵。從生物學的角度來說，我曾是一個單細胞，就像阿米巴那樣，然後成為水母成為魚、成為爬蟲、成為恐龍，成為野獸，再演化為人；從物理學的角度來說，那更簡單，我是粒子，和另一粒子合成為原子、分子，組成為人。一切不斷演變。一切總是組合、分解；重組，再分解，循環不息。物質不生不滅，一個人的一生，就是由重組開始，走向分解而已。這不是很有趣麼？只是我們無法知道會與甚麼重組，組成甚麼，都不容我們選擇。既來之，則安之吧。

第二部分

一對中年夫婦，避難南下，帶着父母，和四名十四歲以下子女，組成一個共八名成員的核心家庭，入住一幢戰後所建的唐樓的二樓生活，算是安頓起來了。安頓後，幼子出生。食指浩繁，只賴中年一人支撐。

數年後，老輩長者離世，核心家庭減為七人。

又數年，家庭支柱的丈夫病逝，妻子帶同子女，遷入一幢舊樓，與親友合租共住。家庭減為六人。

一年後，舊樓清拆，六人家庭遷入分期付款的小單位棲身。家中長子、長女中學畢業後工作養家，供弟妹讀書。

又數年，長子娶妻，搬出另築新巢；與其妻父母同住。大姊與二妹留守舊巢，合力養家。六人減為五人。

不久，三妹嫁出，幼弟娶妻，同樣遷出。減為三人。

長女得病，幸好及早發現，總算治好了。

約十年後，母親逝世。減為二人。

若干年後，移民外地的三妹一家回來，數年後三妹忽然離世。

又數年，二妹染怪病，苦撐多年，終於不治。大姊遂成孤獨掌門人。

第三部分

單獨一張椅子，它會感覺寂寞嗎？原本是兩相配對的樟木箱子，失去了其中一個，會嗎？不是普通的家具，而是承載了這家三代人的記憶，由祖母傳給母親做嫁妝，再由母親留給女兒。女兒小時候就睡在樟木箱子上面，它像褓姆；她在上面玩砌房子，它像玩伴。如今，樟木箱子還是樟木箱子，兩個，沉重厚實，像彼此信賴、牢靠的老伴，因為女兒也老了。

她近年常常想到獨居老人的問題。這世界一直在變，也不知是變好還是變壞，畢竟人壽延長，社會老化，獨居老人的新聞不斷，而她也有不少沒有結婚、獨居、年華老去的朋友。她想，我自己呢？

年輕的時候，單身未婚的人被稱為貴族，一個人生活多麼自由自在哩，自己賺錢自己花，愛旅行就去旅行，愛晚上不睡覺就不睡覺，聽不到家長餐桌上的訓話、弟妹們的喧鬧。但一得總有一失。老是必然要到來的了，到賸下自己一個，才體驗到一家人生活在同一屋簷下是多麼溫馨。

常常想，自己不是有一群手足麼，挺熱鬧的。但長兄和幼弟娶妻後都另築新巢了，幼妹也出嫁遷出，剩下大妹和自己二人。當然，二妹如果結婚，她也就不得不淪為獨居老人了。她當然可以結婚的，但結了婚，就一定不會成為獨居老人了嗎？

她常常想起一位朋友，很早結了婚，自由戀愛，生活幸福，有一子一女，令人羨慕。但近年竟然離了婚，女兒遠嫁他國，兒子與妻子、孩子住豪宅，三兩女傭，生活高端。母親則獨居，一次跌倒受傷。那麼，結婚就是絕對的保證？

獨居老人該如何生活呢？可以和另一名獨居老人共同生活麼？她又記起兩位好朋友，本來各自獨居，於是共同生活，住宅和生活費共同負擔，家務互相分擔。真是好辦法。可有一段日子竟鬧分手，可不是世事難料？相處易，同住難。如果都是刺蝟性格，既想互相取暖，又怕彼此傷害，如何是好。幸而後來她倆又和好如初了。

獨居老人缺欠的是另一個活生生的人做伴？而家具、書本、盆栽都是物。但在她的心目中，凡物都是有生命的。植物不必說，書本呢，誰說不是生靈？每一本書都是有生命的，都是從生命而來，只不過，我們相遇的時候，它們處於沉睡的狀態。整個圖書館就是書本共同的家，那裏有許許多多睡熟的靈魂，只要有人拿起來，翻開，閱讀，一個個活人就甦醒了，和你傾談、聊天，累了可以放下，你還會寂寞嗎？

她的獨居生活相當平靜。其實，她不乏朋友。家中的家具、書本、盆栽等，無一不是她數十年來一一迎回，它們獨特而美麗，又知識豐富，如師如友，彼此心靈相通。日子久了，還看到它們微妙的變化，這使她自以為很快樂，所謂幸福，不過是這樣。

你呢，你好嗎？眨眼你的年紀也不輕了，這些日子，還是讀書、寫字、散步、聽雨，看月升日落、花開花謝，一年又一年。但夕陽豈能無限好呢。

對於物，你有甚麼看法？你說過，孤獨和寂寞是不同的層次，孤獨是一種現象，獨坐幽篁裏，就是孤獨，是alone，但不寂寞，可以彈琴、長嘯，而且有明月來相照。寂寞卻是一種不好的心緒，是lonely，你可以在人群裏感覺寂寞，因為格格不入，了無罣礙。所以難怪有人會不甘寂寞。人是物，畢竟又和物不同，終究在世上還是踽踽獨行，但在茫茫大化之中，心靈有所安頓，就有一個家，就不寂寞。心靈沒有好好安頓，孤獨就會淪為寂寞。

你的家比我的家空間大很多，其中的讀物、雜物、廢物，對不起，也比我多許多，又一直在養貓，牠們由幼至長，逐一老病去了。多年前，我們無所不談，偶然聊到，兩個長期配搭、一起生活的樟木箱子，彼此一定有過許許多多的說話，其他人豈能聽到，要是到頭來單獨一個，會感到寂寞嗎？怎麼會，你說，誰會把它們拆開，也許明天吧，其實並不知道。原來都是不願奉行斷捨離的分子，你尤其甚麼都不離不捨，真是物以類聚。

明天？那就是明天的事了。

二〇一六年十二月

星塵

喵！格嗒！格嗒！

哎呀，花花，三更半夜，為甚麼又跳到書桌上面去？你真頑皮。電腦我在睡覺前已經關掉，沒有花貓在 YouTube 裏面叫你。滑鼠我也收藏好了，別想再捉它了。

喵！格嗒！格嗒！

天氣這麼冷，要鑽進被窩，就不要又三心兩意跑進跑出，快快來睡覺。

喂，喂。

誰？

喂，明明？

我是明明，你是誰？

我，我是，

你是誰？你在我房間裏？

我是，我在你，房間裏。

在我房間裏？我怎麼看不見你？

我在你，書桌上。

書桌上？騙人。現在連花花也不在書桌上。書桌上只有電腦。

我在，電腦裏。

甚麼？電腦裏？花花別跳上來，讓開。電腦裏甚麼也沒有。咦，黑色一片，電腦壞了嗎？昨天晚上忽然停電，現在還沒有恢復。喂，甚麼東西在我的電腦裏。

我，我在電腦裏。

你鑽進我的電腦裏，把我的電腦搞壞了？

是的，對不起。

那你馬上出來。

馬上？我不在馬匹上面。

出來！

我已經，出來。

但我看不見你。

現在你，看不見我。

為甚麼？你是隱形魔？

那是因為，你的，眼睛不夠好。

我眼睛不夠好？我的近視只有三百度，志強，阿雄，都有四百度，他們每天比我多看兩小時電腦。考第一的小美，有五百度。眼睛不夠好？那甚麼眼睛才能看見你？

眼睛，要有紅外線，的配備。

紅，紅外線？

是紅外線。你見過彩虹，天空中，彩虹麼？

誰沒有見過。

彩虹，顏色有幾種？

七種。

數數聽。

紅橙黃綠、青藍紫，bingo。

其實，彩虹的顏色，有許多種，例如，在紅色和橙色，之間，還有深紅、淺紅、深橙、淺橙，許多顏色不同，許多種，很細微，不過簡化為七種。這七種，你看得見的。但有些你看不見。紅之前，有紅外線，還，還有，微波、無電線波……紫之後，有紫外線，還有，鏽線。

……沒有這種線。

對不起，我是說那麼多的線，可真令人發瘋啦。還有？

還有，X射線、伽馬射線，你也看不見。線，也是指一種光。所以，紅外線就是紅外光，紫外線，就是，紫外光。

喔，我知道紫外線，夏天的時候，爸爸媽媽帶我去游泳，到了海灘，媽媽總要替我搽太陽油。她說，紫外光很厲害，會灼傷皮膚的。X射線，我也知道，爸爸媽媽都照過肺，看不見光線。啊，有一種光叫超聲波，噢，我自己就照過，當我還在媽媽的肚子裏。

好，很好。你懂得知識，課本以外的。再問你一個問題。彩虹有顏色，七種，如果，合起來，會是甚麼顏色呢？

白色。

好，好極了，是個，聰明的孩子。又會向人說，對不起。而且，

甚麼？

你也很，勇敢，一點也不怕我看不見，不怕看不見我。

怕甚麼！我甚麼鬼怪沒見過，異形、食人族、狼人、吸血鬼、史力加……有些還很得我們鍾愛哩，越醜怪越好，就嫌不夠醜怪，一有出現，在麥記，在甚麼711，我們就趕去搶購哩。你沒翻看我的床底，沒有發現我的鎮山之寶，一套二〇一六年新版猿人極地探險隊的Apexplorers。哦，我沒紅外線的眼睛，怎麼才能看見你呢？

明天，明天吧，你就能，看見我了。

真的？一言為定啊？勾一下手指。

你看不見我的手指，手指，我也沒有。

今天你在這裏嗎，我還是看不見呀。

怎麼，不在，有，我就在，你的面前。

就在我面前？我面前只有一個灰色的東西，像一個足印印在牆上。

那，就是我了。

喵！嗶嗶！

連花花也不同意，你就是那個灰足印？

灰足印，今天的我，是個，灰足印。你當然天天都是同，一個樣子，你以為，只有你們這樣的樣子才是樣子。你以為，你們的演化，已經完成了嗎？你們的演化，一億年，最多，我剛才知道，這地球出現，生命的跡象，也不過在四十億年前。對宇宙的歷程來說，小伙子，這還說不上是BB。你們說的怪物，其實也是你們一些人的想像，從你們的腦袋長出來，多了一隻眼睛，或者，有兩個頭，一個大，一個小，或者長着尾巴。你明白我的意思嗎？

他們當然是我們製造的，我的可不是A貨。

我呢，我沒有固定的形狀，形狀就像你們的衣着，你不會老是穿同一套吧。那是你穿的衣服，可不要變成，囚服。所以我們沒有A貨、B貨。我可以變成不同的樣子、不同的顏色。我所以是灰色，那是因為我充電不夠。昨天我的顏色更差，昨天我是黑色的。

那明天呢？

明天你就知道了。

喵！

喵。

啵啵！

啵啵。

喵喵！

喵喵。

咕嚕咕嚕！

咕嚕咕嚕。

我看見你了。

是的。

你果然沒有令我失望。

不是說過你會，馬上，看見我麼。

我是說你也醜怪得，像甚麼呢，像一灘曬乾了的漿糊，不，像嘔吐物。

我也夠恐怖？

差不多了，你真奇妙。你到底是甚麼東西？

我本來是一片，塵埃。

哦，很大的塵埃。

像不像天空中，的一片雲，宇宙的腸胃不舒服，嘔吐出來的一片雲？

是呀，一朵大大的浮雲。不過，雲是白色的，有時候是黑色的。下雨的時候，滿天，烏雲。

但你怎麼會是紅色的？

雲有時候，紅色，黃昏的時候，那時候，你們不是以為很美嗎？

很美。老師教過我們詩句：「幾度夕陽紅。」

咕嚕咕嚕！

咕嚕咕嚕。這是我的，本色，因為我是一朵，星塵。

你是星塵？天上的星，天上的塵？

對，我是宇宙間的，塵，飄浮在恆星、行星的空隙。一朵卑微的星塵，知道嗎，我只是，宇宙間的星塵，億億萬萬。比起大恆星、小行星，我們卑微得很。你的名字是明明，我呢，沒有名字。你們打掃房間，的時候，不會替塵埃起一個個，名字吧？

沒有名字，可你有顏色。你是紅色的，很好看啊，像紅玫瑰。你真的會變色？你說本來是紅色，你不是變過幾次色了？有時淺，有時深，有時是櫻桃紅，有時是石榴紅，這一陣是士多啤梨紅，又是蘋果紅。你會變成紅魔鬼嗎？

紅魔鬼？

那是足球隊曼聯，我的至愛。

難怪你經常，穿着曼聯的球衣。你也懂得這許多，櫻桃、石榴，我居住的星空，都沒有這些。我們只有你們，說的夕陽紅。所以我每天都在努力，學習。

喵！喵！

你怎麼會走進我的電腦裏？

要不要聽我講故事？

要。

卡嗒卡嗒！

許多許多年前，

大人的故事總是這樣開始的。

是嗎？在你們的大人的大人未出現之前，我們星塵就在宇宙奇點大爆炸中誕生。大爆炸是你們科學家說的，認為就在那一刻，時間開始了。恆星因為身體裏積聚了太多的能量。

我常常聽到人說正能量，但甚麼是能量？

能量就是木柴、煤炭、火水、石油那類會燃燒的東西，因為擠在一起，太熱了，就會爆炸。

像火山爆發？

恆星積了太多的，燃料，就轟隆地爆炸了，像火山一樣，噴出岩漿和氣體。噴出來的東西，有的在空中飄散，有的冷下來，成為大大小小，無數的星塵。

你就是恆星爆出來的？

星塵的星運是不，一樣的，有的變小行星，後來又變恆星，有的永遠就是星塵。生活，的方式也不相同，有的聯群，結黨，有的獨來獨，往。總的來說，一生也在不停地旋轉，自己轉，或者跟着別的星轉。重要的是，別被其他的行星或者恆星吃掉，如果吃掉，就不見了。

喵嗚！

不停地轉，不頭暈麼？

你家風扇不停地轉，你聽過它說麼，頭暈？

我家不用風扇，用冷氣機。為甚麼要轉？

轉，就是走路，我們沒有腳，就用轉的，方式。

不明白。

地球和太陽都有，磁場，它們發生摩擦，你推，我拉，於是你自轉，我自轉。

月亮沒有磁場，不會，自轉，你看不見背面，月亮。

幾乎明白。

那時我和許多星塵一起轉呀轉，轉了許多許多年，看來還得多轉許多年，就在那一刻，就像你們科幻小説家説故事的方法，那一刻，

怎麼啦？

忽然有一顆大星正面飛來，快得不得了，我們都來不及躲避。原來是彗星橫衝直撞，穿過星塵網，沒頭沒腦，用大彗尾巴那麼一掃，我只覺一陣暈眩，被掃出星群，一直從天上掉出來，直直墜落在你家的晾衣架上。幸好我沒有骨頭，否則，我

肯定會像人那樣，粉身碎骨了。

看來，你的確不像有骨頭。那你身體內有甚麼啊？

喔，我體內的東西多得很哪，你都看不見，說出來，你不會相信，也不會明白。

不會明白，說來聽聽。

我身體內有原子、質子、電子、中子、中微子、介子、輕子、超子、快子、量子、強子、粒子、正子、重子、成子、緲子、膠子、費米子、玻色子。還有微波和磁場。明白嗎？小伙子。

哦，多謝，滿天星斗，完全不明白。

喵！

我看到窗內有電源，我需要充電。所以我走進了你的電腦裏，暫時住一陣，休養，療傷。

你又沒有腳，怎麼「走」進電腦去啊？又沒有翅膀。

這個，你看看，今天天氣多好。
是呀，太陽都照進我的房間來了。
陽光沒有腳，也沒有翅膀，不是照進屋子裏來了嗎？
是不是用魔法？
甚麼魔法。最近讀些甚麼故事書？《哈利波特》、《魔戒》？都out了。爸爸在看《平面國》，我也拿來看，媽媽說我會看不懂。其實我懂。
平面國的人都是扁的，不過有不同的形狀，有三角形，有長方形。我班裏的肥仔強就是圓形，一直不肯集訓應付小三公開考試的阿志，就是不規則形。我呢？我大概是正方形，因為我是副班長。小美是班長，做不成班長她會哭的，她是甚麼形？橢圓形？她坐在我的前面，聽書時總是左搖右擺，害得我也要右搖左擺。不過，書裏說那裏的女人像一枚針，會刺傷人，這，我就不懂了。
從眼睛的正面看是扁，側面看就只有一條直線。拿一頁紙看，你會明白。

喵！喵！

知道，花花，不要老在插話，你最有型。

那天晚上，你為甚麼叫我。

我想告訴你，你的電腦沒有壞，不用找人修理。電腦開了沒有光，是因為我在裏面。

你怎麼知道我的名字？

我聽見你爸爸媽媽叫你。他們說，小明，我們沒有電煮飯，要出外吃飯了。樓下整條街的大廈都停了電，家家戶戶、餐室酒樓都點起蠟燭。

媽媽說：明明，我們一起去吃燭光晚餐。我們都帶了電筒。

真抱歉，連累你們了。

不，媽媽說，許久沒和爸爸一起吃燭光晚餐了，上一次，是我大爆炸之前。

但抱歉令你不能做功課了。

這更不成問題，我可以借用媽媽的手提電腦，只做一陣就沒電，game over 了，真好，你知道平日我要做到晚上十一二時，有時甚至做到清談淺唱不夜天。咦，你現在不用電腦，不需要充電了嗎？

這幾天陽光很好，我在晾衣架上休息，一面充電，一面學習花花的語言。你知道嗎？留神聽，貓兒有一百種話語。陽光給我許多能量，我的傷也逐漸好了。

能量真的很有用，我不用做練習做到深夜，好像全身都充滿能量。

能量是一種你看不見，但能夠感覺到的東西。你每天揹着書包上學，書包很重，你得用力揹起它，力氣就是你的能量。量，同樣有許多種，數量啦、重量啦、質量啦。

我聽過「重質不重量」，但我其實不大明白。

你會發問，很好，學問是問出來的。質和量，的確不容易弄清楚。讓我想想。

對了，比方說，如果我請你吃橙，有兩份給你選：一份是一個甜的；另一份是三個酸的。你會選哪一份？

一個甜橙。

選一個甜的，放棄三個酸的，就是「重質不重量」的表現。甜或者酸，是性質，是品質；一個或者三個，是數量。這個「重」，是重視的意思，你覺得物事的質地比數量更重要。我研究了好一陣，才知道你之前說的A貨是指甚麼，原來是指冒牌貨，或者侵犯別人版權的商品。難怪你家附近許多賣藥賣化妝品賣巧克力的商店，外面斗大的字寫明：本地正貨，政府註冊，特許免税。這些店鋪之間，有一個醫務所，可沒有這十二大字做保證，醫生肯定是A貨。你們買東西，再貴也要到這些商鋪去，看病麼，即使再便宜，你們可也不要貪。這是另一個「重質不重量」的例子。

哎喲，你這就可能上當了，你不明白我們的地方，有些字是寫給外人看的，媽媽買東西從不到這些店鋪去，就怕它們才是A貨。

這可把我弄糊塗了，原來這麼複雜，你們地球人原來劃分外和內，真假可以混淆、顛倒，我原本還有一個問題，現在可不敢肯定了。

問來試試。

喵！嗚嗚！

給你大量金錢，讓你有錢得不得了，幾乎做甚麼都可以，只是要你放棄你對精神生活的追求、你的行動你的自由，不能違反給你財富的主人，你願意麼？質和量兩者之間，你怎樣選？這其實是我在電腦裏看到YouTube的電影《浮士德》想到的，這令我思考，星宿之間從沒有過這樣的難題。一顆大星吞吃另一顆小星時不會想到這樣做對不對。但問題一點也不簡單，有些人會跟你爭論，為甚麼要重質，我們穿不好吃不飽，你的質跟我的質不同，為甚麼你的質最重要？又比如說，質和量，為甚麼一定要分輕重呢？問題不容易解答。你年紀輕，可以一路學，一路想；讓我們一起思考吧。我們星塵，明白嗎？可沒有這種愉快的煩惱，因為我們根本沒有這樣的問題。

完全不明白。

喵！

啊，花花，我當然知道，你希望更多的零食，鮪魚、三文魚、貓草。

喵噢！喵噢！

怎麼？做太空流浪貓？

喵。

喵喵！

喵喵。

喵喵！咕嚕咕嚕！

你看天上的星光多亮麗，其實，許多星是不會發光的，它們反射照在身上的光。宇宙中的星辰，多數是黑沉沉的物體，四周都是幽暗、沉默的黑物質、黑能量。究竟是甚麼，很難說清楚。我可以告訴你的是，星辰都是巨大的吸塵機，吸吸吸，吸到爆炸為止。吸或被吸，這樣的存在，是否很奇怪？

很奇怪，那為甚麼要存在？

這是人類才會問的問題，只有你們才會追尋存活的意義。

星塵哥哥，我知道雲是水蒸氣，空氣很輕，比羽毛輕，所以浮在空中。一顆星又不是空氣，為甚麼不像蘋果，落到地上來？

有些星也會落到地上來，我不是落下來了？流星、彗星、隕石也常常落到地上來。夠大的話，就造成災難了。

太陽、月亮、火星，它們為甚麼不落到地上來？

我不是告訴過你，星辰都是吸塵機？一些星想吸掉別的星，別的星當然不想被吸掉，所以，它們互相拔河了。

你圍着我轉，我繞着你轉，用力拉着對方，就懸掛在天上。

大概是這樣，誰也吸不掉誰。

喵！

喵。

你怎麼會說我們的話呢？你在天空中講甚麼語言呢？

星塵在天空中並不說話，所以並不產生你們所說的語言，我們也沒有文字。人類比我們聰明，就因為掌握了語言，忽然開竅了。因為語言，你們有了歷史、地理、經濟、哲學、體育；有了藝術，有了詩。還有化學、物理、生物學、天文學、建築、醫學、法律，等等。你們的發展，不過短短幾千年罷了，真了不起。人類的前途應該光輝燦爛，無可限量。我們呢，甚麼都沒有，只是旋轉，不停地旋轉，轉了千千萬萬年，發出沙沙的聲音，不對話交談，也互不關心。星宿都是自私自利的，只知道把旁邊的星星吞噬自肥，另一邊又時刻戒備，不要被別的星星吞併。你想吸掉我我想吸掉你，真是危險、沒有安全感的環境。人類呢，還會扶弱鋤強，為弱勢發聲。我們真感到慚愧。

哦。

我會講你們的語言，是你們教會我的。過去好幾日，我一面充電，一面在電腦裏吸收了你們的資訊，穿梭各種網絡，我還看你們的電影、電視、小說，我還參觀各地的博物館，算是對你們有點認識。

不過幾天就甚麼都學會了，真厲害。

沒有甚麼特別，我把它們壓縮起來，我們的光速，到了人間，很管用。我和你談話，同時也在不斷吸收其他的訊息。和你們接觸，我學會了許多東西，你們的各種學問，尤其是對生命的思考，令我茅塞大開。你也要好好的學習。但明明，有些我恐怕永遠也學不會的。

那是甚麼？

例如莫扎特的音樂、杜甫的詩，沒有一個程式可以告訴我，它們是怎樣創作出來的。我知道莎士比亞十四行詩的規格，但我不會因此成為莎士比亞；我懂得顏色更多細緻的分別，但我不會有列奧納多、莫奈等人的筆觸，就是那麼一 touch，突破了天地的洪荒。這是人類了不起的奧妙，小朋友，知道嗎？

是嗎？

會下棋麼？

我從電腦網上學會了。

圍棋會不會？

會，跳棋、象棋、五子棋、六子棋、軍棋、黑白棋，都會。

如果你和 AlphaGo 比賽，你會打敗它嗎？它打敗了我們許多高手，很厲害。

會，也許第一局未必勝它，然後，一定會。

為甚麼？

真的，我學會下圍棋，但不精，沒有上陣演練，不過我一旦接觸 AlphaGo，就像甚麼呢，你們武俠小說說的，我會吸星大法，可以把它的武功全部吸收過來。天空裏的星宿都會，本來沒有甚麼了不得。AlphaGo 甚麼的也是你們的創造，有一天，它們終於會自己演化，會自我修正，會追問：我是誰？那時候就要做主人，擺脫創造者的控制。你們的科幻小說、科幻電影不是經常用這個做題材麼？我和它不同。

有甚麼不同？

它是人工智能，我是星際智能。AlphaGo 至少目前還要靠背後互聯網的支援，經過「深度學習」，它的創造者為它輸入大量能夠找到的數位資料，會衡量風險利害。我呢，是外太空，宇宙支援。

嘩，超厲害，真是望塵莫及，收我做徒弟，好嗎？

先學好你要學的東西，用功，別想一步登天，而且天外有天，銀河系之外，有無數的銀河系，所以要謙虛。

明明，要謙虛。昨天晚上我聽到爸爸說你「沙塵」，因為你說將來要打敗AlphaGo。我以為我是星塵，你是地塵，然後我翻查廣州話大辭典才明白，那是廣東俗語，驕傲、輕浮的意思。對了，沙塵，的確很輕，會浮。但輕浮，就不能吸收不同的意見，不會進步了。要學吸星大法，這是一種超強內功，就一定不能輕浮，否則就會內傷，知道嗎？

哦，收到。

很好，你已經吸收了一點。

認識你，我想做天文學家。

好啊，到你做天文學家，那時候的天，大概還是一樣的，但許多許多年後的將來，就不知會怎樣了。你們的時間，和天上的時間並不相同。你們說「山中方七日，世上已千年」，應該是「天外方七日」才對。不過至少這幾天，陽光很好，過兩天仍然燦爛的話，我休息夠了，貯足了能量，可以起程回到天空去了。

甚麼，你要回到天空去了？

是的。

我不要你回家。

那，怎麼說呢，你想天天享受燭光晚餐？

不是這個意思。

把我留在科學館，讓人參觀？

不是這樣。

唉，傻孩子，我要回去，把我知道、學會的東西傳播給其他的星塵、大小星宿，我也許卑微，未必會聽我的，恐怕多數都不會，但我至少要嘗試。

天空是你的家。

不，不一定因為天空是我的家，它其實也是你們的家。你們不是說塵歸塵，土歸土麼？

星塵，我，我可以叫你星塵哥哥嗎？

可以。怎麼不叫我星塵姊姊？

你是女生？

我是女生，也是男生。星塵、星辰沒有性別。不過要是你喜歡，叫我星塵哥哥也很好。

星塵哥哥，

嗯？

你會不會是天使啊？

怎麼這樣想？

有一次，媽媽說，天使沒有性別，沒有性別歧視。

星塵不是天使。

你在天空，見過天使嗎？

沒有。

見過上帝？

也沒有。

天空上有沒有上帝？

這是個信仰問題，你相信有就有，不相信，就沒有。

甚麼意思？

你們知道的上帝，模樣和你們相似，有手有足，有頭有身體，還有眼睛、耳朵、嘴巴、鼻子。頭頂上有光環。祂住在伊甸園裏，但也無所不在，祂看顧你們，聆聽你們的禱告。祂是萬能的，坐在寶座上。祂能呼風喚雨，所有事務，祂都清清楚楚。祂審判天下所有人，分配善人到天國，惡人到地獄。祂有一群天使，替祂傳遞消息，守護天國和地獄。正如人工智能，遲早會追問：我是誰？誰創造我？不過，這方面，很抱歉，我知道的不會比你們多。

是的，祂是萬能之主。

據我所知，這樣的上帝，在天空裏我沒有遇過。

沒有遇過上帝。

但是，茫茫宇宙之間，星宿公轉自轉，你們説的日出日落，一年分出春夏秋冬，花開了謝，謝了再開，生命周而復始，你們看眾星明麗，軌跡井井有條，一個近乎完美的結構，有變化，又有規律，好像冥冥中有一個超能的造物主在調控、在安排。我們不知道這魔法師是甚麼，是奧妙的數學，是精細的計算，是秩序，你可以叫祂做上帝。

那麼太空裏有沒有外星人？

沒有外星——人。我是外星人嗎？你以為生命的形式只有地球人一種？這種形式可能是力量，也可能是限制，如果以為這形式是唯一的形式，就弊多於利。終有一天，你們也會擺脱這種形式。

我該回去了。

星塵哥哥，我捨不得你走。

我留一個聯絡住址給你，將來你成為天文學家，就找到我了，那是：第76平行宇宙北端仙女座大星系團東南銀河系獵戶座旋臂中段太陽系外海王星島峽柯伊柏帶大道QB1天體69740。這地址，還是你們的科學家研究出來的。

從沒見過這樣長的地址呀。

這是我的活動區，都記在你的電腦裏。這可見你家離開我有多麼遙遠。從這裏出發，到最近的恒星半人馬座α星，用你們的速度，來回也要八年。

宇宙真的好大，好大好大。

不過也不是我永久的位置，但已夠你好幾代人和我通訊了。將來，你或者可以坐太空船，像科幻電影那樣，休眠一陣，到來探訪我。黑洞其實是暗星，像隧道，據說穿過蟲洞，可以簡省飛行時間。不過你們一位出色的科學家也警告過，人類當黑洞是捷徑是危險的，因為穿過黑洞時，黑洞會把你撕碎，而且，即使沒有變成碎粒子，走出黑洞後你也不能預先知道身在何處。告訴你，總有辦法的，對人類來說，沒有事情是不可能的。十九世紀時科幻作家寫人類登陸月球，你們當奇幻小說看，如今探索火星，沒有人以為瘋狂。繼續你們的追尋吧。

那好啊。我一定用功讀書，將來，我不單坐太空船，還要發明可以和你面對面視像通話的手機。

會的，一定會。我們一言為定。

一言為定。

不過，你先不要把星空想像得那麼美好。我們沒有藍紫各色的大小山巒，淙淙的溪流、翠綠的草地、金黃的稻田；沒有唱歌的長臂猿、美麗的金絲猴、各種舞蹈的蜂鳥，沒有雪豹、北極熊，當然沒有花花，喵喵。

喵喵！

沒有石榴、櫻桃、士多啤梨、玫瑰、水仙花、法國梧桐。沒有詩經楚辭，沒有莎士比亞，沒有梵谷畢加索，沒有貝多芬莫扎特。都沒有。我在轉動漂泊，見過無數星球，只有你們這一個有各種各樣的生命，應有盡有，有的甚至連你們自己也還不知道；雖然，你們總在爭吵，因為不同的教派，不同的管治思維，堅持自己的一套最重要、自己的最好。對星塵來說，都是蒜皮小事。我們呢，每一個星球都是荒涼的、孤寂的，這種孤寂，不是一百年，而是百億年，而且充滿風暴和爆裂。試想想，我回去的生活，依然是隨着宇宙間的其他星塵不斷旋轉，還要提心吊膽，提防附近貪得無厭的星雲獵殺，也許因為我知道多了一點甚麼，更加要排斥我。即使我能夠僥倖存活，結果也還是生老病歿。

你們也會生老病歿？

會的，我們會不停成長，由紅色演化為橙色，然後是黃色、綠色、青色、藍色，直到雪白，像你們老人家頭上落下的雪花。那時候，我會迎接生命的夏季。我會變得非常熾熱，熱到再撐不住了，就萎縮，會變成一個小圓球。我只剩下兩個結果：轟轟烈烈地自我爆裂，噴發的熔漿會孕育新的星塵；又或者，我會無聲無息，坍陷為黑洞，靜寂地，消失了。但別難過，這就是生命。而這過程對你們來說很遙遠，很漫長。你會看不到了。

看不到？

你的子孫的子孫會看到，也許那時候我們的距離又遠了一點了，因為宇宙不是靜止的，在慢慢、慢慢地膨脹。你們銀河系裏的太陽，也會把能量用盡，消失了，不過那會是五十億六十億年之後的事，所以不用杞人憂天。生活在地球的你，年輕人，你不是比我幸福麼？地球原本這麼美好，你天生擁有愛你的父母和手足；將來還會有愛你的人，攜子之手，與子終老。就是一個人，你還可以有朋友，不同的朋友，你何必羨慕其他的星球、羨慕其他人？人世難得，你們地球人，有好奇心，有想像力，會累積學識，尤其善於思考，最難得是會追求人生價值，那就好好地為整體的福祉思考，忘記你們的仇恨，化解你們的分歧，不要為了短暫的利益而破壞大自然，珍惜、好好建設你們的地方，好一個獨一無二的地方，不要把它弄壞了。對不起，我憑甚麼可以教訓你們呢？

可以的，星塵哥哥。

是時候了，我該和你說再見了。喂，喂，男子漢，不許哭。你想看我，到了晚上，抬頭看天好了，夜空裏有無數星塵，會同時跟你相望，記着，每一朵都是我。好朋友，看我表演絕技。我是光子，我會像白色的飛劍，絕塵而去。

喵！

哎呀，花花，你嚇死我了，為甚麼瘋跳起來呀，想做飛貓？

喵嗚！

二〇一七年二月

石頭述異

一、榜題：畫像石

有人拍打我的手臂。

醒來，醒來，到了武梁祠了。

我睜開眼睛，看看錶，下午三點正。真是好睡，五月的天氣，不冷不熱。我們四個人從曲阜打的到嘉祥縣紙鎮坊，他們兩個是年輕的學者，一個研究歷史，一個研究語文；還有一位，是書法家，跟我一樣，退了休。我呢，你問。我的年紀最大，甚麼都懂一些，意思是甚麼都不懂。不過我近年對漢代的畫像石很有興趣，翻了不少書，搜集了一些拓片，可以冒充半吊子畫像石專家。他們敬老，一直稱呼我做老師。其實我的學歷最低。

但甚麼是祠堂？你又問。

那是墳墓之前地面上的建築物，用作祭祀；有的用木，有的用石。你沒有問甚麼是畫像石，我告訴你，這是漢人因應喪葬祭祀而產生的藝術品，是漢代所獨有，漢之前沒有，漢之後魏晉還有些，之後再沒有了。

我們才上車，四個人，這次包括司機，一路看着導航，我沒帶手機來，三位朋友不就是我的導航嗎。在車裏我看着身旁一位的導航，忽大忽小的圈圈，不多久就昏昏睡去。從車廂爬出來，舒伸了一下雙腳，好像猶在夢裏。我睡了差不多兩個小時，武氏祠的主人，可是睡了差不多一千八百多年，一直沒有醒來。

老師，路上我們看到些石礦場。

哦。我想，山東流傳最多畫像石，應該和石灰岩的土壤有關。

武氏祠是公元一四七年東漢桓帝期間興建的祠堂。三位朋友在一旁朝我笑，好像說，老人家，你不是得償所願了嗎。我們在曲阜看了孔府孔廟孔林等等，史學家為我們逐一解說，成為我們的導遊。來山東之前，我要求無論如何要有一天時間去嘉祥縣看武梁祠，並且影印了不少資料分派，於是大家多少都知道武梁祠，都贊成了。這時計程車扭轉方向，開走了，揚起了不知是一年、十年、一百一千年的沙塵。陽光燦爛，四野無人。這麼靜寂、空蕩蕩的博物館還是很少喔。忽然兩隻黑鳥呀呀叫着在頭頂飛過。

博物館的大門，只見兩枚約三個人高的大石柱，一左一右豎立眼前，正是書本上見過的圖片：石闕。完整，新淨，當然這是仿製品。闕腳泊了一輛紅色的摩托車，彷彿它是盡忠職守的石獅子。書法家朋友買了入場券，揮手走來，一面說每位才五十元，另一面就從背包拎出小簿記下數目。一個職員從票務間走出來，這是一個年輕人，頭髮蓬鬆，睡眼矇矓，原來他也負責收票。

請問有導賞員嗎？書法家問。

沒有。

有小賣部嗎？史學家問。

沒有。

有自助飲品機嗎？語文家問。

沒有。這裏不是西安兵馬俑博物館。

有廁所嗎？我問。

有，有兩間。前面有一間，另一間在漢畫展室外。

謝謝。

沒事。我們有三個展室，第一個叫「闕室」，這之後，走幾步路是「漢畫展室」，右邊另有「西長廊」展室。共展出四五十塊石頭。東漢時代的石頭。你們要抓緊時間，我們四點半閉館。

這麼早閉館？

不早了，太陽一下山，這裏就變得，變得有點可怕。

可怕？四個人面面相覷。

怎麼說呢？

怎麼說？我問。

蟲蛇鼠蟻都出來了，最要命的是長腳蚊，成群成群的，追逐你，包圍你，猛叮你，可能會傳染登革熱病、伊波拉病、愛滋病。

喔，愛滋病？我們都張大了口。

難保沒有。還有，四點後不要上廁所。

為甚麼？但他頭也不回，自己急忙上廁所去了。我也跟隨着他，我留意到他牛仔褲的後袋露出半截書，名字是：《白話聊齋》。

二、榜題：石闕

在博物館大門口朝內望，見到的好像是一座花園，地上是一條磚砌的步道，寬約四米，以工字形圖案砌成，一直送我們走到前面不遠的闕室。磚路非常清潔，沒有廢紙和煙蒂。路旁兩邊是草地，沿路栽了一行矮矮的開花灌木，粉紅色的花瓣，配上濃蔭的綠松，還以為我們是在遊花園哩，大家都拍起照來。

這應該是當年的神道，我說。

嗯，老師做我們的導賞最好。

忽然就到了闕室的門口。告訴你，這是一座炭灰色的平房，卻裝上一道亮麗的朱紅色木門，房子樸素，朱門可不簡單，門上鑲了五排大圓釘，三顆一排，金光燦燦的，門扇掩上，就見十五顆釘飾。我的確這樣數過。這個設計，真有點紫禁城的氣勢。

東漢到了晚期，貧者越貧，富者越富，即使不是大官的祠堂，排場與威儀，已令人吃驚。史學家補充。

平房有前門和後門，一律開在平房中間。博物館呢，前面的闕室，和後面的漢畫展廳，形貌相同，如果航拍，在空中可見它們成一個串字。

我們悄悄魚貫踏入闕室，不想打擾人，啊，真靜。原來室內空無一人，只見迎面有朱紅色井字半個人高的木欄杆，橫在面前，把一些石塊圍在房子的中央，只剩下一米寬的通道，讓人通過。展室不大，整個空間一目了然，四面牆上掛了名流的品題，兩面闊，中間是門，兩邊各有窗，都是朱紅色，窗上裝了直排鐵欄杆，都緊緊關上，幸而前後門敞開，空氣流通。

欄杆圍了甚麼東西呢？你問。

一對石闕、一對石獅。它們本來在墓地神道的入口，如今原地建館，好像從室外搬到了室內。我在旅行前埋頭做過功課，見到石闕，很是興奮。想想看，在這麼小的房間裏，居然和高大而珍罕的國寶相見，是多麼難得，我們是乘搭時光列車，回到公元二世紀去了。

石闕是甚麼？闕就是門，我解釋，難怪你說我好為人師。它有門的意思，但門可以開關，闕呢，只是象徵式，按照墓主的身份、財富營建。門闕往往也出現在畫像石裏，有單闕、雙闕，甚至三闕，成為陽間向陰間的過渡，由執戟持盾的亭長迎接。武氏祠的雙闕是實物，分開站立，兩者之間，是一個缺口。所以，闕又叫「缺」。

明白，書法家說。

是同一讀音；語文家補充，同樣有缺口的意思。但寫成門缺，也不妥當，因為不止空缺。這兩闕之間，下面鋪有一條長石，即是門檻，古人叫閾，門檻的中央原本豎一塊褐形石，表示任何人進入神道，都要下馬。

是啊，闕又叫「觀」；史學家再補充，最初的時候，闕像一座高台，台上建樓，可作監察警衛之用。皇帝有甚麼要公告天下，會把公文懸掛在闕上，這叫「法懸」。我們面前的石闕，沒有樓梯，當然不用爬上去觀看。岳飛的〈滿江紅〉，不是說「待從頭，收拾舊山河，朝天闕」？天闕，就是天門，是天宮的門戶，只有天子才可以擁有，因此也被尊稱為天闕。但，老師，好像有學者提出這不是岳飛的作品。

好像是余嘉錫他們。語文家說。

是的。無論如何，這是尊貴的象徵，開初只限帝王建闕，逐漸官吏也開始建造，放置在神道口，因為是石頭，才能夠長久屹立，擋住風雨。

明白。

你們這樣一問一答，又互相補充，真是這樣的嗎？你說。

你以為呢？我只希望把枯燥的故事講得有趣些。說完了，你再說一遍好了。

三、不斷出現的石闕

我記憶中的石闕有好幾個，都來自書本裏的圖片，因為太深刻，經常出現在我的夢境裏，而石闕的文字移動、變化、下塌碎落，又重新整合。歷史就是這麼一個過程，在鑲嵌成形的過程裏，有些石塊多了，有些，永遠埋在泥土下面。我第一次見到的石闕最震撼，那是一幅一八九一年的照片，相信是法國人沙畹在武氏祠遺址拍攝的，前景是兩支煙囱似的建築物，從一大片泥地中露出來，不止出土三尺，看了說明，才知道這是山東嘉祥縣一座漢墓的石闕。因洪水泛濫，大概還有三分之二，仍然葬身泥土下。石闕是金石學家黃易在這之前發現的，他和當地的官吏合作，掘出被埋的畫像石。照片背景中的一所小房子，正是黃易等人保管發掘的地方。當時的石闕，原地站立，一副伸手待救的樣子，令人憐憫。

我看見的第二幅武氏祠的石闕，也是沙畹的作品，收在他的《中國北方考古考察》一書中，同樣給我孤寂、憂傷的感覺。沙畹是漢學家，但顯然拍攝也很出色，這照片既真實，又充滿情味。他只拍攝了兩座石闕中的一座，那是一幅橫窄直闊剪裁的子母闕，母闕在畫面的正中，居高臨下，頭頂是工字形的重檐，檐邊平伸，彷彿泛起波濤。堅實的子闕緊緊倚在母闕身旁，只是一塊豎直的石塊，沒有頂蓋，也失去了櫨斗，顯得空洞。

甚麼是櫨斗？你會問。即是斗栱。單闕石柱通體灰濛濛的，無花紋和圖像，石面還帶些黑斑。石闕的背景是草坡、土丘，連接石闕腳前的荒石。看來陽光並不猛烈，沒有風。只是石闕，太沉悶、單調了，沙畹於是安排了一個人，站在母闕的左邊，剛好和子闕配對，一左一右。照片頓時靈動起來，充滿人氣。那是一名中國村婦，穿了及踝的闊布袍，淺灰色，外罩一件黃馬掛似的深色背心，頭髮向後梳，結成髮髻，於是空間和時間，都有了。許多年後，讓我們知道，這是中國山東，是清朝，而石闕又有多高大。這女子，一直朝我們，不，只是朝向我一個人，無言地，凝望。沙畹是第一個到武氏祠研究的外國人，第一次在一八九一年；第二次，一九〇七年，這一次他拍下了這幀黑白照片。

我第三次見到武氏的石闕圖，多少已是修復的樣子了，令人欣慰啊。它們站在田野，高四點三米，相距六點一五米，看得出母闕由三塊方石疊成，子闕是整塊豎直的石板。各有基座、闕身、櫨斗和工字形頂蓋。仔細地看，兩闕之間的地上，設有一道門限，即是門檻，在門限中央，還立有一個圓石橛，這叫闑。夕陽西下了，陽光斜照在石闕上，兩隻石獅在守護。石獅是一九〇七年由洋人沃爾帕在石闕前的深土中起出的。門闕和石獅重聚，竟有一家團圓的感覺。這照片攝於一九六二年。

我看到第四幀武氏的石闕，已經是一九九二年的寫照，一對石闕和一對石獅，從風雨的室外，住進了博物館。真是滄海桑田。石闕默默無言，別來無恙，原來也有了變化。不，不是一樣的，一對子闕的頭頂，竟都蓋上了櫨斗。多麼奇異，二〇一七年的五月，我竟會站在武梁祠的博物館內，面對着這對石闕、石獅，感覺並不真實，它們還欠缺甚麼呢？

甚麼呢？你問。

我記起另一幀印象很深刻的石闕，照片攝於四川雅安市的漢高頤闕，那是非常華麗的作品，那對闕不單有底座、闕身，還有闕樓，蓋頂帶有寬闊波浪紋的檐邊。

不但母闕有這樣華美的帽子，子闕也有。我看了一直不忘，緣故是闕身靠了一把梯子，闕頂上站了兩個人，他們是梁思成和劉敦楨。我有點擔心，因為他們腳下的闕樓，部分延伸到闕身外，呈現深深的裂縫。兩位建築家，怎麼會爬到這樣危險的地方？因為危險，才不讓林徽因也爬上去？高頤闕的模樣使我聯想到，武氏闕的子闕，頭頂櫨斗之上必定還有一頂帽子，和它們的母親一樣。

四、榜題：武氏祠

我們在闕室內沿着欄杆轉了幾圈，兩座闕的前後左右都看個夠，因為並沒有其他訪客，我和朋友不但可以自由地漫遊，儘可高聲談話。

喂，這對石闕一定很重，盜匪很難把它們偷走吧。

看，這是對母子闕，粗的一座是正方形，旁邊倚靠它的，好像是它的孩子，卻是偏平的石板。

喂喂，母闕子闕，要說明哦。你說。

就是大闕一旁加建相連的小闕，稱「子母闕」，別打岔。母闕的頭頂像戴了頂大草帽，子闕的頭頂則頂了一塊櫨斗，活像英國巨石陣的石頭。

石闕身上都刻了畫，我這邊有一個人、一匹馬和一頭老虎。

我這邊的圖畫更多，有樓閣，上層坐了兩個人，樓下有一匹馬，有四個僕人侍奉主人，屋頂上有兩隻鳳鳥，又有兩個人跪拜，另外，還有一隻漂亮的老虎。我這邊闕上有三個大字，雖然不太清楚，喔，是「武氏祠」。我看見這裏有一塊石頭，上面有「武家林」三個字。

怎麼一忽兒叫「武氏祠」，一忽兒又叫「武梁祠」？你問。

武氏祠是整個武氏家族墓園的叫法，武梁祠只是其中的一座。照碑文的記錄，葬在武家林的武氏一共四代人：我們以武梁做主角吧，包括武梁的母親，完全沒有地位；武梁的哥哥；他的兩個弟弟，其中一個是武開明；他的三個兒子，以及開明的兒子武斑、武榮。武梁、武開明、武斑、武榮四人都做過官，官階最高的是武斑，卻最早過身。但都只能算中等官階，儘管中等，已是地方豪族。

武氏祠的名字最早出現在北宋兩位金石名家的書中，一位是文豪歐陽修，另一位是趙明誠。

趙的夫人是名詞人李清照。

對。為甚麼武梁祠最出名呢？南宋又出了第三位名家洪適，把武氏碑和武梁祠的榜題編收到《隸釋》，又摹刻了大部分的畫像到《隸續》裏，圖像可能大多出自武梁的祠堂吧，他索性命名為「武梁祠堂畫像」，於是武梁祠聲名大起。不可不知，洪適是大官，他是宰相。

對不起，又打岔了，甚麼是榜題？

那是匾額的説明文字，等於標題，畫像石有榜題，是漢代的特色，目的是告訴你石頭講的是甚麼物事。

洪適，也有文名，寫過不少好詩；語文家說，譬如：「半夜繫船橋比岸，三杯睡着無人喚。睡覺只疑橋不見，風已變，纜繩吹斷船頭轉。」

風變了，船頭轉，有趣，我近來也經常說着說着就睡着了。《宋詩選注》有收錄嗎？這次我問。

那倒要翻翻看。

古代讀書人，一定會書法，也普遍懂一點金石，那是身份的象徵。現在的年輕人呢；書法家搖搖頭，因為是電腦打字，寫起字來，是砌字，不會筆順。書法是中國的獨有藝術，恐怕已成稀有藝術，也是沒有辦法的事吧。

明白。

五、榜題：石獅

闕室迎接我們的不是任何人，而是一對石獅子，各自守在石闕旁邊。它們分別站在紅色矮欄裏，恰是凹字形內的方格，一左一右。貓科動物中我國並不產獅子，但漢武帝通西域後，獅子成為貢品，文獻中稱牠們為狻猊。都收到皇家園林裏，一般人可能沒有見過真正的獅子，大概要等到西洋式的獅子雕像開始在銀行門口站崗，才恍然，那兩隻鬃毛蓬鬆、尾巴細長的巨獸，名叫獅子，而且都是雄性。

我們看過陝西的霍去病墓，墓前有石馬、石象、石虎，可沒有石獅，武氏祠這對圓雕，是現存最早的石獅？你說。

可能。眼前這對來華的石獅，和西洋的銅獅不同，銅獅大都懶洋洋地躺伏，我國的石獅卻是精神奕奕地站立，呈四方形，往往是一雌一雄，沒有蓬鬆的鬃毛，母獅又多帶着幼獅，幼獅則蜷伏在母親的前足下打滾，好一幅溫馨的親子圖。石闕有母子，石獅有沒有孩子呢？我仔細的看了好一陣。

到底有沒有？你問。

西面一獅右前足踏在一方石塊上，那石頭蜷成一團，是小獅子吧，可惜已看不清楚。霍去病墓前有舉世知名的馬踏匈奴，但眼前的石獅，很神氣，可沒有殺氣，好像我家友善的大頭貓花花。石獅鎮守神道，也有辟邪作用；我想，要是石闕沒有這對猛獸，會多麼失色呢。兩隻大貓，經歷多年的風雨、洪水，有點殘缺，還算完整結實，沒有裂縫，從頭到尾才闊一米多，也高一米多，穩重、平衡，張大口，舌頭頂着上唇，也睜着大眼睛，挺胸縮肚，彷彿隨時可以騰空躍上高疊的板凳採青。

在古籍裏，它們的名字叫天祿，史學家說。

武氏祠這一對，碑文還提到刻工的名字，書法家發現，那是良匠孫宗。

整個祠堂共費十五萬；雕鑿石獅，另需四萬，那是買賣一名奴僕的價錢，一頭牛值一萬五千，一畝田七百五十錢。史學家蹙起眉頭說，東漢晚期政治腐敗，經濟蕭條，豪強大族則窮奢極侈。其實哪一個朝代沒有水患呢？問題在有沒有人禍。

是的，歷來黃河改道，是因為河水沒有出路，淤塞了，它自己闖路。早在幾百年前，是宋朝吧，河水泛濫，把整個武氏祠淹沒，祠堂埋入泥土中，還是石闕苦撐，在地面上露出三分之一的闕身。以往的幾位金石家，何曾到過這個現場呢。還是六百年後乾隆時代，即是一七八六年，另外一位金石學家黃易任職運河通判，路過嘉祥縣，在縣志中發現，立刻着手發掘，並且就地集資建了房子，收集石塊。這時候，武氏祠已淪為一堆亂石了。

黃易用心考究，推斷祠有四座，即「武梁祠」和「前石室」、「後石室」、「左石室」。他把武斑碑和一塊孔子見老子的石頭，移置到濟寧學宮去了。幸好孔子見老子，這裏還有。漢代石刻藝術重新面世，各方矚目，各國的學者專家都來研究了。

魯迅研究木刻，就不斷提到武梁祠，也收集武梁祠的拓片。

對，專家大抵各有專精，一類專注美術的研究，另一類則着眼建築，大家都想把祠堂復原。事實上，古祠是工藝、繪畫、雕刻、建築的結合。當然呈現了傳統的文化習俗，還有一點，那是歷史，往往保存了民間對史事的看法。

明白。

直到我們到來參觀，可專家仍然沒有把武氏祠完全復原。那要看你們了。

哈哈，老師會說笑。

困難可不少呢，碑文說明，葬在武氏祠堂的四位官員，倘一人一祠，則應該有四個祠堂。但從武家林掘出的石頭共有四十八塊，不能平分。哪一塊屬哪一個祠呢？一個祠共有多少塊？祠，又是甚麼樣子呢？

六、榜題：石室

黃易當年發掘，每挖出一塊石頭，就在石角編號，也注意到石與石之間的距離，把相鄰的亂石盡量編成一組。所以，雖然淩亂，依照石頭的大小、長短、形狀、飾帶，也分出四組來。其中一組六石，成功砌成武梁祠，祠主的名字武梁是從文字檔案中知悉的。但這祠的編組、砌合，畢竟只是推斷，根據相配合的六方石塊；再利用拓片配砌，並參考當地其他的祠堂。

六塊石頭的武梁祠，三塊是石壁：東壁、西壁、後壁；東、西兩塊相同，頂端是三角形，即建築物的山牆構件。其中有兩塊是屋頂石，一前一後。共用五石；至於第六石，是一根斷石柱，認出是祠堂西壁石前支撐橫樑的長柱，已斷裂。這個配件應該是一對的，但東壁的一柱，躲起來了。

武梁祠配砌成形，是否可以作為根據，砌成其他的祠堂呢？語文家問。

不行，如果每座祠堂都是五塊石，豈不簡單？武梁祠只用了五塊，而黃易掘出了四十八塊，餘下的如何分配？黃易把亂石分成四組，除了武梁祠，前石室分石十二塊，相信祠主為武榮；後石室分石七塊；又有左石室，配十七塊。亂石一堆，一直配不成祠堂。

倘分的是遺產，如今的人可能要打官司。你說。

別打岔。直到二十世紀八十年代，經美國費蔚梅的研究，修訂、補充了黃易的分配。金石學家注重文字和碑刻，費慰梅關心的是建築，她看到三角形的石塊，知道那不正是一幅山牆的構件麼？她嘗試配對，最終用了五塊不同形狀的石板砌出了武梁祠。各國的考古工作者都來研究，從散石裏又砌出了前石室和左石室，也就是武榮祠和武開明祠。加上近年中國的蔣英炬、吳文祺的努力，斷定並沒有後石室，其中的石塊，屬於其他的祠堂。早期的研究，太偏重刻畫，一石有兩面刻畫，就錯算成兩石。專家斷定武梁祠的結構是單間室，另外兩祠是雙間室，所以需要更多的石塊。

只有三室。

只有武梁祠、前石室、左石室。

左石室的祠主，相信是武開明。至於武斑並無祠堂，因為他沒有子嗣。有些石塊，來歷不明，反而有許多應有的石，下落不明。

看你不斷呵欠，只多說兩句。困難是，祠堂的模樣未必相同，用石不一。武梁祠雖然大致成形，仍缺一二配件，譬如武家林一石是祠堂的支撐柱石，應另有對稱的一支，失去了。前石室也許不該佔十五石，其中三石雙面有畫，計算應只是十二石。說着說着，連我也要睡着了。

七、榜題：遊戲的石頭

我們在沒有旁人的闕室中自由走動，展品都集中在中央，我們逛了幾圈，好像已經看完了。

你會否覺得我太叨叨嘮嘮了？

禮貌地說，沒有。

忽然有人提議，玩個看圖作文的遊戲，大家用五分鐘看石闕的圖像，然後各選一像發表觀感，總比看了好像白看有益？既然沒有其他人，又有一些時間。

我們都不是喜歡說反對的人，於是各自繞着兩座石闕、石獅，重新細看樓閣、車騎、靈物等畫像。我們又回到了許多許多年前做學生的時代，乖乖地準備老師指派的功課。

最先交卷的是書法家。他說的是東闕北面母闕石面上，底層第四幅圖。這個嘛，其實不是圖像，而是一篇銘記。那石面可能經過不斷翻拓，變得黑麻麻的，字跡模糊，依稀可辨的是八分書，有八行，隱約是十二字一行。他說，這銘記很重要，因為記載了整個武氏祠的興建，日期是建和元年。

甚麼是八分書？

即是隸書，不過刻在碑碣上，用筆不作蠶頭燕尾，這名稱是為了表明與平常的隸書有所分別。

建和是東漢桓帝的年號。史學家插嘴。

明白。記載的人物是武氏家族的四兄弟。幼弟的長子武斑病逝，才二十五歲。這家族興建祠堂，用了最好的石，請了最好的工匠，花了十五萬，石獅則花了四萬。這篇書法，穩厚方正，毫不呆滯，有一種古樸之氣，就像我們在曲阜孔廟所見東漢時期的隸書《史晨碑》。如果說出自同一書家，我不會懷疑。至於刻工也極精湛，不然就不能呈現書法微妙的遊走了。

第二位發表意見的，是語文家。他選了銘文對上的一幅畫，遠看畫的似是西王母，頭上戴了頂皇冠，豎起了三隻角。畫的，他說，其實是一幅「鋪首銜環」。甚麼是「鋪首銜環」？因為古代沒有門鈴，大戶人家在大門上裝了這麼一個門環，設計成獸頭，多數是饕餮、獅、虎等猛獸的紋飾，青面獠牙，銜着圓環。如果要敲門，只需握起圓環，碰打門板，發出聲響就行。鋪首當然有驅邪鎮宅的作用。老師家裏的門上不是貼上門神麼，門神擔當守護，可不會發聲通傳。而且。

我當是傳統裝飾；而且甚麼？

在石闕上刻鋪首銜環，你不會敲石闕，但它畢竟是門啊，這就是想像力。眼前的獸紋並不可怕，獸頭上的三隻角，是鳳鳥三根羽毛的象徵，口銜着的環上還束了綬帶，你知道，那表示榮華富貴。

另一座石闕，書法家發現：這裏也有一幅同樣的鋪首銜環哩。對了，但刻在母闕三幅中最低層，不論門神和鋪首銜環，包括石闕本身，就像對聯，要求對稱，中國傳統文化就是這樣。武氏祠這兩幅，一高一低，是否敗筆？

第三位開講的是史學家。他選了西闕南面子闕第三幅畫像，位於樓閣之下，一頭跳躍的大老虎之上。這幅畫應該是周公輔成王的故事，成王年幼繼承王位，周公旦輔政，人人都以為周公會篡位，結果他一直扶持幼主，粉碎誣言。畫中只有四人，沒有榜題，很清晰，畫了個矮小的人，應該就是成王吧，身邊有一人手持傘蓋，舉在成王的頭上。

為甚麼沒有榜題也知道這是周公輔成王呢？因為這樣的圖畫，經常出現在古書上，尤其在漢人的畫像石上。同樣題材的畫，石匠輾轉抄用。侍從挽着弧形的傘子，可有一個特別的名堂，叫曲蓋，那是帝王出行的一種儀仗。老師在書上也看過周公輔成王圖吧。

看過。

圖中的華蓋，有的畫得像一盞燈，有的像垂流蘇的圓傘，最漂亮的是山東沂南出土的一件，簡直像二十世紀在空中飛翔的太空船，還垂下一串玎玎璫璫的配飾。成王雖年幼，畢竟是帝王，應站在畫的中央，兩邊有臣子、侍衛。但武氏祠石闕上這一幅，成王侷促地瑟縮在左邊一角，持蓋者竟佔了中央的位置，背後右邊另有兩人，相對作揖，陌生人似的，這就不是有禮數的表現，抑或另有深意？這令我們想到，桓靈時代中級官吏，已經無視禮數，土豪地主更不得了。老師，該輪到你了。

八、榜題：石頭玩具

我一邊聽一邊偷偷啃着午飯時留下的甜燒餅，因為好像血糖低了，還掏出水壺，喝了兩口水。我指指面前母闕上的第二幅圖畫。畫內有四個人，左邊三個大人，右邊一個小孩。一看，可知是孔子見老子圖。

這個，我們都知道了，真的知道麼？

這的確是漢代流行的題材，比周公輔成王更多人認識，那小孩手握一個玩具，是一支長棒，連着一個圓圈。我們當然也知道，這個孩子是項槖，年方七歲，漢人盛傳神童項槖三難孔子的故事，這小孩子的問難，難倒孔子，孔子歎說：「方知後生實可畏。」但其實不過是孩童要大人猜謎罷了。他幾乎出現在所有孔子見老子的石刻上。手上總拿着那樣的長棒玩具，這玩具成為項槖的標誌。問題在，這是甚麼玩具？

甚麼玩具？老師喜歡玩具，書法家問。

這玩具很特別，一般人都不甚了了，石工也是良莠不齊。他們雕刻流行的題材，有時是依樣葫蘆，不加深究，往往畫一個圓圈，一個或者兩個車輪，就交卷了。有的畫成小車子，單輪或雙輪，繫上繩子，在地上拖着走動。項槖玩的，的確是小車子，可不像我們早些年流行的搖搖？這小玩具車有一個特別的名字，和鳥有關。

記起來了，那是鳩鳥。史學家說。

老師借過一本書給我們，書裏的圖畫很清楚，還說在二〇〇八年陝西西靖邊出土一幅孔子見老子的壁畫，項槖就牽着一輛玩具鳩車，鳩車有輪子，鳩有頭有尾，有喙，有眼睛。河南小童墓中出土一件銅鳩車實物，正好一模一樣。壁畫還是彩色的，顏色鮮麗。

對，長者扶鳩杖，童子牽鳩車。

啊，明白；怎麼我忘了。

石闕上共有十多幅圖像，有的題材重複，有的內容不明顯，有的影跡模糊，不必追究了。不過，這時我又看到一隻比較特別的動物，興趣又來了。我們再玩一個遊戲吧。這圖中有一隻怪獸，誰知道牠的名字和來歷，我請吃晚飯，否則你們請我。

我沒有參加遊戲，是聽者有份麼？你說。

好的，你其實參加了。

於是大家都朝那圖像看。哎呀，甚麼怪獸？怪獸身邊也是一隻怪獸，竟有三個頭，牠自己呢，一個大蓬頭。不是蓬頭，根本就是許多個頭，像小指頭，數數，有八個。

史學家猜：神話裏的崑崙之守，叫開明獸，有九個頭，但這怪獸可少了一個。

有沒有貼士？

有，杜甫〈北征〉詩句：「天吳及紫鳳，顛倒在裋褐。」

語文家猜：不是天吳，就是紫鳳。

再給一個貼士吧，李賀的詩〈浩歌〉：「南風吹山作平地，帝遣……」

「帝遣天吳移海水」，語文家接口。

哈哈，對了，牠叫天吳，八個頭，人面虎身，八足八尾，能移海水，可見是水神。

看，天吳旁邊的怪物也有三個頭，它是三頭人離珠呀。

明白，我們請老師。

你們明白，我可不知道三頭人離珠是甚麼？你說。

怎麼會忘了你。傳說黃帝丟失了玄珠，就命離珠去尋找，因為它眼睛好，能見秋毫之末；《山海經》說它不是人，而是神禽。

九、榜題：說話的石頭

當年武梁祠的房子，受洪水沖塌，有的掩埋，有的，大概早已飄洋過海，進入不同的博物館、圖書館、私人的書齋去了。那麼，我們到來，除了拜訪一對石闕、一對石獅、幾塊漢碑、一堆石頭，還想看到甚麼呢？你大概會有這個疑問。這個世界，已變得越來越不好玩，人類要不死於吵吵鬧鬧的冷熱戰火，就毀於冰川日夕融化的洪水。

你是否又在胡思亂想了？你說。

但這世界真的有一個固定發展的結構？

我們在漢畫展廳，看到的幾十塊石頭，早已破損變色，泛黑，漫漶，距離我們已有千多年哪，但每一塊都是藝術，那是漢代匠師的繪畫和雕刻，哪怕是斷裂、不全，卻仍然點點滴滴，呈現東漢社會的風俗喜好，以及當時的人對生活的期望、理想。這是奇異的石頭記啊，他們訴説的故事，我想盡量親近，細心聆聽，哪怕是遙遠、微弱的聲音。我説着，從背包一本筆記裏掏出一張圖片。

看，孔子向老子下跪，執弟子禮。儒家在漢代受政府推崇，定於一尊，但民間那麼多孔子向老子問道的石刻，説的可是官方故事的另一面。童子問難孔子，也有破除絕對權威的作用。你以為石頭，即使碎了、亂了，就不會説話麼？

武氏祠的石頭畫像，運用了平面減地線刻，先磨平石面，用刀筆刻畫出物象的線條，包括物象的細部結構，再在物象外加工，減地鑿紋，畫像於是呈現凸起的效果，整個武氏祠的畫像，都富於裝飾性和表現力。

至於構圖，往往採取平面的散點透視法，呈現多個視點：有的平視，有的斜視，有的俯視。有的，因為物象重疊，也產生縱深的視覺。這方面，後來發展成為中國繪畫的特色。西洋畫一般採用焦點透視，視點單一、集中，物象是近大遠小，所以也稱為「遠近法」。漢畫像石以刀代筆，以石代紙，當然有局限性，一般沒有消失點，但它追求的畢竟主要是寫意，而非寫實。佈局方面，則畫面上下分兩層，以至三層，栩栩如生地說出漢人所理解的整個天地世界：天界、仙界、人界。

這麼厲害？

這三層，屋頂兩石，那是上天，畫的是祥瑞圖，共刻了珍奇異獸，像麒麟、龍、六足獸、比翼鳥、比肩獸；神鼎、木連理、璧流離、玉勝等。東壁和西壁都是屋子的山牆，牆頂是三角形的。第二層屬於仙界，西王母和東王公各佔一邊，由各種仙人環繞，蟾蜍、玉兔、三足烏、九尾狐等等，還有帶翼飛行的靈異。

第三層是人間，刻在祠堂的三幅牆上，不過只有名流才能上榜，從上而下，由不同的飾帶又分出幾層。東牆最上層的是帝王、忠臣；第二層是孝子；第三層是刺客，哈哈，刺客倒佔一層，這好歹反映漢人的口味，體現他們認定的倫理道德；底層是車騎。

至於西牆的第一層是節女；二層是孝子；三層是列女。還有第四層，由兩組合成，右為庖廚圖，左名拜謁圖。祠堂正中的後壁，也分四層：第一層為列女；二層為孝義故事；第三、四層上下相連，畫的是樓閣、貴婦、侍女，左方有一大樹，大人彎弓射鳥，以及歷史故事完璧歸趙等。

真是層層等級，把人分得昏頭轉向。

這是漢畫像石的程式，半是真實半是想像，是人類也是異類的世界。有的表現墓主由人間上升到天國。有的，描繪墓主當官，步步高升，歷程並置在同一畫面上，像連環圖。除了不同類型的畫像，畫中還有文字榜題，刻在人物的身邊，有的指明畫中人物的名字，有的還加上評語。

那麼，你問，我們就看到這些麼？

十、榜題：刺客

我們從右手邊的「西長廊」，最後輕手輕腳走進第二個展室的「漢畫展廳」，因為室內另有兩個人，他們站在入口附近的角落，久久不動，像極石刻的兩位古人，我們在他們的身邊漂移，時而兩個，時而三個，可他們毫不理會我們。書法家說，漢代的畫像家真了不起，用剔底的方法鑿出人物的輪廓，形成淺浮雕的樣子，看上去像剪紙，他們又在黑影上加刻線條，呈現繪畫的形象，我明白這是雕鑿和繪畫兩種工夫的配合，也只有用石頭才做得出來。

是的，石頭有石頭的文法；人物雖然是黑影，可眼睛、嘴巴都很清楚，而且動態又極傳神，是一種精準的藝術語言。

也不要以為漢畫像的物事總是獨立的淺浮雕，其他國家同一時期的浮雕，像埃及、波斯，既不雕物象的正面，雖則連群結隊，到底各自獨立，公元前漢代的匠工可懂得把主題人物疊置；史學家接口，例如武梁祠的《荊軻刺秦王》圖，這顯然是很受歡迎的題材，畫像人物都有榜題，以正中的桐柱一分為二，荊軻在右，秦王在左，這符合中國人從右至左的視覺習慣，精彩的是，荊軻擲出的匕首，插在柱身，還揚起絲帶。我們看到秦舞陽畏縮伏地，地上是樊於期的頭顱。荊軻怒髮衝冠，身後另外有人把他緊緊纏抱，顯然是侍衛，這修改了《史記》所載，侍衛沒有召令不得近前。但物象的疊置，卻是新創。又例如《列女傳》的〈京師節女〉中的殺手，以及〈梁節姑姊〉中入火救子的婦人都半隱在屋柱背，那是表現了含蓄、暗示的視覺效果。

兩個站在入口附近的人，一直原位不動，我們只好繞過他們，朝另一方向轉去。兩位朋友在看《北斗星圖》。史學家繼續說，古人觀察星象，對天的看法很有趣，這幅畫竟然畫了皇帝坐在一架斗形的車裏，那斗就是七顆北斗星中的四顆，想像力豈不豐富？斗車的車輪浮在一片雲霧之上，車前有迎駕的朝臣，車後有送行的官吏，七星的斗柄上，看，還有飛行的羽人。

這時，我發覺怎麼不見了書法家，原來他走到兩個黑衣人後面，側起頭傾聽，一定有甚麼有趣的說話，於是我們也走過去，看到一幅很特別的畫。

很特別的畫？你問。

原來是《水陸攻戰圖》。

《水陸攻戰圖》的拓片我們看過，畫面很繁富，分兩層，上層是大隊車騎，有帶武器、盾牌的兵卒。這是長官出行，嚴陣以備。然後轉到下層，那是後來的發展，果然戰鬥起來。畫的中心是一座拱橋，橋上有車騎行走，橋下有船和捕魚人。圖中擠滿了人，各帶武器，有刀、戟、鉤鑲、弓箭、盾牌，正在互相打鬥。有人從橋上掉下，峨冠博帶，持劍執盾，受左右持劍的人夾擊。空白不多，卻又補上鳥和魚。

黑衣的長者對年輕人說，這橋上水中攻戰的圖樣，顯然是漢人喜歡的題材，相當流行。這裏就有兩幅。非常精妙的構圖，穩靜的橋，劇動的戰鬥，在矛盾裏有統一，繁而不亂。不過，我們要解答，為甚麼交戰呢？

誰又和誰交戰呢？書法家也插嘴問。

畫中有五個榜題，他逐一照射，左邊是主記車、主簿車。右邊三輛，榜題是功曹車、賊曹車、游激車，兩邊車後都有兵騎、步卒，一輛繫了傘帶的蓬車，在拱橋中央，是全畫的焦點，物象比其他要稍大。看那些車隊，前迎後送，正是一個高官出行的排場。

明白。

長者也沒回頭看我們。我站在幾個朋友的後面，也只看到長者和青年的黑色背影，不過長者的聲音沉穩清晰，彷彿從遙遠的石洞裏敲鑿傳來的回聲。

這幅畫叫人震驚的，不是官員的排場，而是戰鬥，為甚麼官方的車騎和平民打鬥得那麼激烈？很可惜，因為這裏沒有榜題，不知道，就按戰鬥場面，稱為《水陸攻戰圖》。漢代流行這畫像，純粹為了裝飾？

我們一直不知道，然後，長者清一下喉嚨，然後到了一九九三年，山東莒縣東莞鎮一座宋墓中，發現了幾塊畫像石，你知道，我們山東，是畫像石之鄉，宋墓其中一塊石闕，刻着和武氏祠這塊的內容相同。宋人墓中有漢畫，一點也不奇怪，自從三國以來，常常有人利用漢墓，因繁就簡，把死者葬入，而漢人厚葬，墓中往往有漢畫像石。明白嗎？

明白的，書法家點頭。長者其實始終沒有回過頭。他也不見得是對書法家說的。我們覺得有點好笑。

這宋墓的出土很重要，因為右上角有榜題，兩個字：「七女」。考古家很雀躍，找到了一點點線索。然後，不多久，在內蒙古和林格爾一座漢墓，發現那麼一幅同樣的畫像石，上面也有榜題，令人難以置信的六個字：「七女為父報仇」。不得了，埋藏在石頭裏的謎語，好像忽然解開了，七個女子、報仇，裏面一定有動人的故事，多麼耐人尋味。於是大家都往古籍中翻查。

史書上有記載麼？我低聲問身旁的史學家。

不知道，好像沒有。

好像武俠小說。語文家說。

十一、榜題：七女

七女的事跡，史書、傳說，都不見記載。記了，也只會記在《列女傳》裏。

都是男性寫的歷史。

刺殺長官，更可能是禁忌。

不過一模一樣的畫像石，出現在山東莒縣、山東孝堂山石祠、臨沂城南吳白莊公社漢墓；安徽宿縣褚蘭兩座石祠更有兩幅，甚至出了塞外內蒙古和林格爾的漢墓去。就連最近二〇〇八年河南安陽高陵的曹操墓也有。安陽高陵是否真的曹操墓有爭論，特別的是，受襲的長官不叫長安令，榜題是「咸陽令」，另外還有題為「令車」、「主簿車」。再細看畫像，同樣分兩層，上層是出行的車騎，然後走到下層，突然受襲，有七個女子，梳着髮髻，分別在橋上、船上，揮動長劍，要刺殺令車的主人。

然後，長者略為停頓；然後，又有線索，在和林格爾的畫像石上，考古學者發現了橋上中間的車騎有「長安令」三個字，他明顯是事主。橋的木柱下又有榜題：「渭水橋」。這是陝西西安的名橋；長安令則是漢代的官員。令官的名號不同，魏晉時稱「咸陽令」，是年月已久，刻工並不深究，各取所需好了。事情不是很清楚麼？七個女子，其實是刺客，襲擊出行的大官，為了報父仇。這些女子，是姊妹麼？她們看來都精通劍術，足以跟專業的刀劍男子拚鬥，而且細心策劃，有甚麼血海深仇呢？在名橋上火拚，一定驚動整個京師，怎麼竟然沒有文字記載。

然後？書法家說。

找來找去，學者從北魏酈道元的《水經注》〈沔水〉篇中找到一段記述，說陝西城固北有「七女冢，冢夾水羅布如七星」，大水破墳，得一磚，刻着「項氏伯無子，七女造墩，世人疑是項伯冢」，這是說，陝西有七女墓，女子各為一墓，羅列像七星。然後大水沖破墳墓，找到一磚：項伯沒有兒子，七個女兒為他造了墳。項伯是漢初鴻門宴其中一位要角，他是項羽的叔父。在宴會前向張良通風，說項羽會在飲宴時加害劉邦，因秦末時他曾得張良拯救。他提議不如一起遠走吧。張良拒絕了，引他見劉邦。項伯回楚營後，把見劉邦的事具報，勸告侄兒，殺先入關的劉邦，是不義。翌日宴會，我們知道，其間項莊舞劍……

項莊舞劍，意在沛公。書法家說。

項莊是項羽的堂弟，以劍術聞名，舞劍的目的是要刺殺劉邦。但項伯也起來湊興舞劍，總擋在劉邦面前。項伯在宴會上救了劉邦，後來項羽捉了劉邦父母，要把他們烹了，也是項伯相勸。劉邦統一天下，封他為射陽侯，賜姓劉。他歸漢後的事跡，再沒有甚麼記載了。

項氏家族看來都是出色的劍師，難怪七女那麼厲害。書法家說。

長者忽然轉過頭來，嚇了我們一跳，那是一張白髮，卻童顏的臉，眼神迷茫，很快轉過臉去。我忽然感覺奇怪，這張臉，我好像在甚麼地方見過。

那麼簡單麼？歷史總是我們認為應該是這個樣子麼？項伯受封射陽，射陽在江蘇，他的墳怎會跑到了陝西去？況且，他是有嗣子的，史書記載兒子叫猷，劉猷犯了罪不得繼承爵位，侯國除名。這個項伯冢，酈道元不是說只是世人的猜想？

這個七女冢的項氏，不是項伯，但不可以是他的後人項猷，不，劉猷麼？書法家沉吟。

史書可沒有說劉猷犯了甚麼罪，劉邦或者他的謀臣，會信賴項伯、信賴項伯的二代？項氏受封的，還有好幾個。史學家說。

劉猷可能被騙到長安述職之類，由長安令給他一個罪名，斂財、瀆職，可能……語文家在發揮想像。

如果跟項伯或者項氏的親人，又或者跟項氏後人有關，那麼這是西漢初的事件，出現在東漢的祠堂裏，只能說，漢朝前後四百年，民間始終念念不忘。

真正的問題是，為甚麼漢人喜歡這畫，不斷複製？長者問，那麼繁複的畫面，工序多許多，並沒有留白。

十二、榜題：復仇

你們以為呢？我問。

大概和時代風氣相關。漢初尊崇儒學，解說《春秋》義理的《公羊傳》地位最高，《公羊傳》曾引伍子胥的話：「父不受誅，子復讎可也。」父不受誅，是指父親沒有罪而被誅殺，兒子復仇是可以的，再指出要是有罪被誅，就不能報仇了，否則永遠沒有了結。這種肯定合理的復仇，結合官方大力提倡的孝道、社會上的任俠風氣，深入民間，影響很大。

還有武帝任用酷吏，一定有許許多多不平、不義的冤獄，司馬遷為李陵呼冤，就自己入了獄。所以他寫〈刺客列傳〉。他的《史記》成為禁書，直到武帝的曾孫宣帝時才解禁，不過已經刪削了。

武梁祠豈不都有司馬遷筆下六位刺客的畫像石？在東壁第三層，有要離、豫讓、聶政。西壁第四層，有曹沫、專諸、荊軻。畫像都呈現事件戲劇性的一節。刺客的故事，從西漢初一直流傳到東漢末。

都是男刺客，七女是女刺客，可惜不見經傳，這世界真的只是公世界？

不是有一個聶隱娘嗎，不過，那是傳奇小說。

其實真有一個，在西漢的《列女傳》裏，她的名字叫趙娥。趙娥的父親被同縣人殺死，她有兄弟三人，可都病死了。仇人很高興，以為不會有人找他報仇了。趙娥很憤慨，像我這樣的女子，難道不算一個？她帶備兵器，偷坐在帷車裏等候仇人。她等了十多年，終於在長亭遇見仇人，把他手刃了。殺人後她向官府自首。官長覺得她有情義，要解下印綬和她一起逃亡。她拒絕了，說不敢苟且偷生，徇枉公法。後來遇赦免罪。州郡還表揚她。故事很簡單，父親何以被殺，沒有交代。因為沒有交代，讀者聽者就可以隨意融入；這十年，趙娥是否苦練武術？

別小看女子。

刺客出現，這是對治法的不信任，認為不能彰顯公義，這無疑是對政府的否定、顛覆，官方當然要取締，不許頌揚，司馬遷之後，刺客再不列傳了。西漢的揚雄已開始貶評荊軻、要離、聶政等人，說他們哪裏配稱正義。這種爭論到了唐代還沒有平息。兩大作家曾為此有不同意見，那是陳子昂和柳宗元。

願聞其詳。

只能簡略說說。武則天時，徐元慶的父親被縣尉殺害，徐元慶伺機報了父仇，然後自首。當朝頗有人認為這是孝義的行為，應該免罪。但諫官陳子昂奏議，認為按照法律，殺人的要處死。他建議一方面處以死罪，另一方面則表彰他報父仇的行為，並把這案件編入律令，永遠作為國家法則。當時，大家都覺得這是個兩全之法。柳宗元不同意。他寫了篇名文〈駁復仇議〉。他認為這是矛盾的，處死和表彰不能施於同一人。處死可以表彰的人，是亂殺，是濫用刑法；表彰應當處死的人，就是過失，是破壞禮法。然後他指出這案件是當官的殺了無辜的人，而上下又互相包庇，徐的冤屈無處申訴……

七女也是這樣吧，明白。

十三、榜題：走出石頭

我們從漢畫展室出去後園，那是祭壇和三個墓地，好幾處亂石，有些用膠布覆蓋。還架起幾個展板，說明擴大發展的藍圖。我們回到大門口時，年輕的票務員已經在等待。售票的窗口早已把撐起窗口的木棒放下，變成一幅沒有裂縫的牆。我們才踏出大門，年輕人馬上拉動閘門，關上。

裏面還有兩個人哪，我們喊。

兩個，在哪？

在後面的漢畫展室。

喔，他們常常來。

他們不走？

他們自己從後園來，自己從後園去，放心，那麼兩個，肯定不會把石頭搬到家裏去。

後園？

他們大概就住在附近，一個是教授，一個是學生吧。

不用買票？

是熟客嘛，你們上哪兒去？

我們召了計程車回曲阜闕里賓館去。

那我先走了，也住得蠻遠的。他把一籃子的大蒜縛牢在摩托車前，開始推動。

你不住在宿舍？平面圖上不是有宿舍麼？

這個嘛，我只是臨時替工；你們也買些大蒜吧，這是紙鎮坊的名產，有益，辟邪。

他們不用買票，那我們呢？書法家在背包裏搜尋門票。摩托車已翻起塵土，好快拐了個彎，消失了。

醒來，醒來，有人拍打我的手臂。我們到了，老師真好睡啊。

我揉揉眼睛。

二〇二〇年八月

桃花塢

一、

坐在書桌前，沒事可為，因為受一種不明來歷的病毒襲擊，全球有三分一人染病，五分一人死去，另外五分一人，正在太空漫長地漂泊，在星際之間尋找可以安頓的地方。我們留下來的，被禁足出外，必須出外的話，要佩戴全套防毒裝備，包括氧氣筒，穿得像太空人，笨重，行動緩慢，而且易累；在自己的星球，反而像到了其他的星球。同事小王告訴我，這跟去明星沒有太大的分別。明星是十年前發現的，一直躲在月球的背面，因為不受光，所以可以長期避開人類的眼光。小王去過旅行，發誓以後也不再去，即使再次抽到環宇旅行的大獎；這人就有這種運氣。

花花，我說。電腦的屏幕立即展現高山流水。花花是我的電腦的名字。大半年來宅居在家，一切都依靠花花，她是我的管家，我的娛樂，我的廚師，我的老師，我的朋友。她已有六百歲了，但會到時到候，只需一個晚上充電，眼睛閃着光，就自動更新了。

早安，昨晚睡得好嗎？花花問。

還可以。

仍然觀看歷史？

幾年來，我都在觀看過去中國的歷史、中國文學，從遠古的夏商周，一直看到漢末的三國，看的是24K全息影像，而且可以選擇身臨現場。不過我們不能改變歷史的進程，絕對不能改，否則你改我改，豈不天下大亂？球體受不了，會呵欠一聲化為黑洞。如果在現場拍了照片，回來時也會化成一陣煙，烏有了。一般來說，我瀏覽一下就算，遇上有趣的事件，才再仔細觀看。畢竟是太遠古的事，好奇會害死貓。一次，我就因為好奇走進赤壁之戰的現場去，兵荒馬亂，在連環船上，幾乎也被大火燒着了。

好的，繼續吧。

屏幕出現魏晉南北朝，各種事件的專題選項，包括重要的文學藝術。忽然我看到「晉人的『烏托邦』」六個字，眼前一亮，這「烏托邦」是有引號的。這其實是花花對我的推薦。於是說，就這個，烏托邦。

粵語？

粵語。

24K 全息影像？

24K 全息影像。

進入現場？

我猶豫了好一陣。

你可以有大半天的時間，晚上十二時前回來，不然你會變東瓜。現場？

二、

耳畔響起流水潺潺的聲音。

我站在一條溪澗的岸邊，緩緩的流水，從遠處低唱，水上浮着一片又一片花瓣，粉紅色，是桃花，我認得它們是桃花。我在童年的時候到過它們的出生地龍華，那裏是桃花的一處故鄉，就種下了桃花的印象。桃花真是艷麗，有白，有紅；有的重瓣，有的半重瓣，花朵豐腴，樹幹扶疏，灰褐色，有孔，不太高，也不太矮，卻長得密密麻麻，一大片一大叢，漫山遍野。偶然一陣微風拂過，它們就隨興起舞，這一朵那一朵，翻飄着，旋舞着，細雪似的，散滿天空。然後輕柔地降落，在水上舒展，睡一會兒吧，由流水把它們帶到遠方。

我踩着粉紅色的軟泥，搖着頭，拍拍衣服，抖落身上頭上的花瓣。空氣太甜美、太清新了，我的肺很久很久才適應。我朝前面一個小山洞走去，有一點光從圓洞中透出來。

這時，前面走來兩個人，從前方一條狹隘的田間路上出現，本來是兩個黑影，走近了，卻飛也似的奔跑起來，跑到我的面前，擋住了我的去路。他們穿着及腰的短衣，及膝的短褲，草鞋，雙腿都沾上泥濘，肩上荷着鋤頭。我也只好停步，彼此都靜止不動了。

咦？

咦。

請問這位先生從哪兒來？

他們對我上下打量，兩個人都張大口，下顎垂了下來。因為我穿的是一件短袖子的對襟襯衫，鈕扣扣上領口；穿着牛仔褲、白襪子，一雙休閒運動鞋，綁着粗鞋繩。我還揹着一個背囊。我短髮，髮也不多，不像他們，頭髮在頭頂上打了個結，用布包着。我對他們是見怪不怪，我在書上見過，都是一個樣子。

我從外面來。

外面，是哪裏呢？

嗯，是南方吧。

南方？

我可以告訴你們，大約是北緯22°08'至35'、東經113°49'至114°31'之間，在中國極南的沿岸，北靠廣東省，西背珠江口、澳門，南望中國海。

他們面面相覷。

太複雜了吧。你們住的地方，有黃河、長江。黃河黃，長江長，都是世界聞名。我住的，有珠江，可不要以為珠江有珍珠。你們當然還沒有聽過，也不怪你們。但我們至少有一樣是相同的，對嗎？我們都是漢人。你們或者不知道魏晉，但總應該知道有漢吧。這時我才看清楚，他們一個皮膚黝黑，想是下田的結果，另一個，卻出奇地白皙，長着鬍鬚，他難道不下田麼？

你也是漢人？

有些東西不加深究，本來很清楚，再仔細想想，就沒那麼肯定了。我可能是南蠻，可能是楚人。楚人也不錯，這就和屈原是同鄉。你們呢？

我們，從田裏來。

奇怪，現在正午，你們不是該努力工作，然後才戴月荷鋤歸麼？

喔，那閣下就有所不知了，那是老規矩。我們的確本來是日出而作，日入而息，但是我們這裏土地肥沃，稻米收成很好，每年可種三期；我們的後山，經過改良，看來也可以開墾種山坡稻。我倆在交流、研究。糧食足夠了，就不用全日下田，我們改為兩班制。每人只需下田半天，上午一班，下午另一班，不用太辛苦。餘下的時間，可以自己使用，釣魚、運動、繪畫、讀書，或者甚麼都不做，吃茶、喝酒、曬太陽。

生活很不錯啊。

算不錯，這是我們的選擇。

但使願無違。

啊，先生貴姓？

小姓何。

我們這裏幾乎所有人都姓陶，也有一些別姓的，他就姓陶，我呢姓胡。說來話長。何先生，這樣吧，我們今天工作完成了，阿陶有事要到村長家，我正在回家休息，有興趣到舍下坐坐嗎？

換班了？你們還沒有鐘錶，也知道時間？

鐘錶？我們的田隴總豎有一支木棍，太陽的影子本來是斜的，影子不見了，就是正午了。

哈呀，你們已經有日晷了。

這是祖先傳下來的智慧。先生看來是讀書人，大概不下田。來，到我家坐坐。我們這裏許久沒有人來過了。

三、

阿胡帶路，在田間小路走，走過了一道小木橋，再轉了兩個彎，他沿途為我介紹路上的風景。只見土地平曠，屋舍簡陋，但儼然。草屋八九間一組，然後是另一組，再又另一組。也有的，半磚半草，比較漂亮，仍很素淨。田間除了水稻，還看見棉花田，朵朵白色的棉花綻放，從褐皮外殼裂出白雪也似的花朵。棉花長得不高，伸手一碰就採到手了，只覺柔柔輕、綿綿軟，就像抱住了小綿羊。棉花朵中有黑色小粒種子，放手向空中一揮，棉花飛上天空，漫天飄盪，好看極了。在我居住的地方，早沒有農夫，只有地產商，開墾的是樓房，藉口土地不足，就把樓房建在島上的半空，一個個蚊型的太空船，由鋼索互相綑綁，構成浮船的網絡，每個船艙裏再加以分割，出租或者出售。他們自己呢，住在十四星的超級豪華船，泳池、高而富球場，甚麼都有。可病毒一來，生意大減，他們的眉和嘴都像哭喪似的彎了下來。

我們經過甘蔗田，阿胡順手折了一枝，在衣服上擦幾下，遞了一段給我。兩個人像孩子般邊咬邊走，甜美極了，蔗渣就向田間亂吐，真是爽快。途中，我看見一個童子趴在牛背上經過，他原來睡着了。不久，到了阿胡家。

他家是一個大草蘆，有院子，阿胡的媽媽和他的女兒在門外的竹架下採葡萄。母女一老一少，皮膚都很白皙，眼睛深邃，不過母親連頭髮也花白了。她們都穿漢服。胡家女兒十四五歲，袍服顯得與眾不同，我看過一般的襦服都有一條束腰的布腰帶，她呢，腰上卻多束了一條，而且是皮革的材料，這腰帶才特別，帶上穿了七八個圓洞，每個洞都掛了一條繩子，繫着小飾物，啊，不是玉佩，而是工具。我看了好一會，姑娘並沒有覺得不好意思，爽俐地說，我們族人都掛工具在身，方便隨時取用。就取出幾個説，這是手帕，這是打火石，這是小刀、糖果、荷囊，囊上飾有獸頭紋。

胡家原來養了兩隻黑色的大狗，拴在院子一角，吠了好一陣，阿胡叫：阿普、阿富，這是客人。果然就收了聲。他説因為後山上有野豬，會下來覓食；可能還有老虎。但阿普阿富看門，老虎也不敢來。我走近去看，原來是兩隻藏獒，很威猛，大頭披着厚毛，像獅子。雖然健壯高大，但樣子其實很諧趣。牠倆立即站起，對我虎視眈眈。安靜，坐。牠倆就坐下了。阿胡説阿普阿富看來兇巴巴的，對認識的人畜可友善祥和，從不追雞逐鴨，還會看羊呢。雖然乖乖坐定，兩隻大狗仍在觀察我的動靜，可能是我奇異的衣着，我奇異的氣味吧。

進入客廳，多麼特別的客廳，家具不多，不過是幾把椅子、三兩張茶几，都很特別，是我從屏幕或者書本上從未見過的。桌椅都是木製，構造很簡單，木條和木板清清楚楚，沒有花紋，堅固結實，而且是罕見的高家具。朋友都喜歡到我們家來，他們喜歡我家的椅子、茶几，因為坐在地上久了會不舒服，尤其是老人家。胡媽媽說。也歡迎你來。

我也喜歡這些家具，有點簡約主義的味道。

簡約主義？

啊，簡約就是。是自家做的吧？

是呀，這是家傳的手藝，我的祖家是胡族，人人會做。

胡族？

是漢人所說的羯胡。我們的祖父母把我們帶來，這之後，我們就自己做，直到現在我們還在做。許多漢人家也有我們做的家具，他們叫做胡床。哎呀，沒有甚麼可以招呼你，吃一點葡萄吧，也是自己種的，還有羊奶，也是自己養的羊。

後來回到家裏，我問花花五胡的故事。它告訴我，胡人自己排了次序，是「一胡，二羯，三鮮卑，四氐，五羌」。大約公元三〇〇年，五胡十六國時期，羯族的石勒在中國北方建立了後趙政權，重用漢人，設定各種政治制度，但同時刑法嚴苛，明令本族人可以任意搶掠漢人。「胡」字是禁說的。不過這民族的來源，眾說紛紜，始終不能確定。他們皮膚白皙，鼻子高，毛鬚多。屏幕上這時出現幾個高加索人。有學者認為他們是來自中亞地區的白種人。

難怪，你也看到？

看到，我是花花，不是大狗。

他們怎麼會走到那裏，漢人為主的地方？

後趙的政權很短暫，繼承的石虎，兇悍殘暴，簡直是野獸，他和將士搶掠漢女，淫虐之後宰殺烹食，稱之為「雙腳羊」。

啊。不要給我圖片。

惡行還沒有說完，他治下的漢人，幾乎被殺絕。

夠了，簡單些。

好。後來，後趙內亂，有一個漢人叫冉閔，乘機起來反抗，奪得政權，改國號為魏，這一次，冉閔頒佈「殺胡令」，屠殺羯人報復。這種民族之間互相仇殺，要滅絕對方，在中國歷史裏不是唯一的一次。不過，人類就是這樣，會因為不同膚色、生活習慣、思想形態，而不容對方。倖存的胡人被迫遷徙，向漠北、中亞流亡。有些，成為了漢人的奴隸。到漢人自己受漢人迫害，跑到這裏，就帶了他們到來。

不再當他們是奴隸了。

不再。

四、

老人家問了我許多問題，總結起來就是一個：外面怎樣了，有沒有胡人，有沒有白皮膚的人？我說，外面本來有許多人、許多國家，不過因為各種不同的理由，有許多離開了。至於白皮膚的人多着呢，籠統地稱為洋人。還有黑皮膚的人，有的黑得像炭，有的因為通婚，變成淺黑，都美得像牡丹。

我說，許多年來，外面的世界，變得天不斷翻地不斷覆。而且瞬息萬變，不要說你們不認識，我們自己也不理解。我們有億萬樣的發明，是個後而又後的科技世界。甚麼是科技，他們搖搖頭，我只好簡單地從日常生活上說。例如交通工具，我們可以坐車，坐飛機、飛船，可以到處去，甚至回到古代。這就不好說了。又譬如，我在途中看到有人在河邊浣衣，就說，煮飯、洗衣，等等，全由電腦包辦。我的，叫花花。甚麼是電腦？又不好說了。又例如，我們的醫藥很了不起，過去的癌症、愛滋病、超型沙士、COVID-42、喪屍病狂，等等，全有解藥，都不成問題。當然，八個桶七隻蓋，總漏蓋一個，解除了這個問題，又製造了另一個問題。又例如。我發覺，她聽了，似懂其實不懂，只是不停點頭，重複地說，這很好，這就很好。

我沒有說，新時代的新問題。沒有花花，我根本不能生活。有時想，它才是主人，只是個寬大為懷、樂善好施的主人。而科技解決各種問題，另一面又帶來許多新問題。我們正受到一種不明來歷的病毒襲擊，何嘗不是科技帶來？而不同民族之間，何嘗吸取歷史的教訓？

她一直瞇住眼看着我的眼睛，終於忍不住問，你的眼睛前面掛着的，是甚麼東西？我說是眼鏡，就除下給她看。我的眼睛由於自小長期看屏幕、玩電玩，年紀輕輕早已深度近視，再然後黃斑裂變、青光眼，可都一一治好，到頭來，實情是換過一雙眼，又重新開始幾百度近視的歷程。我替她把眼鏡戴上。咦，奇怪，她說，怎麼看東西清楚，真的很清楚了？我告訴她，眼睛病了，這是幫助眼疾的工具。她聽了很羨慕，說，有這工具真好極了，這些年我活得像盲人，以為自己瞎了，不敢上街呢。

這時，阿胡的朋友阿陶來了，說村長要他捎來口訊，說難得有外面來的客人，今天晚上，想請客人賞面到他家吃飯，並且在他家留宿。屋子外有驢車等候。我當然答應了。向阿胡等人告辭時，老人家緊握着我的手，依依不捨。一再感謝我告訴她外面白皮膚的人的消息，好像聽到久別的親人的近況。很好，這就很好。她一直送我到院子的門口，我發覺門外早有一大群人聞風而至，男女老幼，都笑容晏晏，友善極了。我從背囊取出一副眼鏡，交到老人家手上。她驚喜萬分，那麼你呢，你看得清楚嗎？我說這是我的後備，我可以再去配，配多少都有。他們和我揮手道別，母女倆哭了。

好些人跟隨着驢車跑，尤其是小孩。我老遠還可以聽到兩隻大狗的吠聲。

五、

到了村長的家，村長一家親朋戚友已在門外歡迎。那是個半磚半草的四合院。我想跟他握手，他卻雙手抱拳。我們寒暄了好一陣，就帶我走進屋裏。

大家坐定，晚宴立即開始了。我很留神吃的是甚麼，以及怎麼吃。我的祖母，告訴我她幼年時還可以吃到裹蒸粽、餛飩麵，那些味道長年不散，成為了她記憶中的家鄉。如今我吃的，因為疫情，大半是各種配置好的維他命藥丸，足以飽肚，且加添了各種口味，其實是假味。

首先廚房端出來的是湯水，盛在碗中，放在托盤上，由村長的兒子和女兒一起端着送到客人的食案上，托盤裏一碗湯，還有一個碟子，內有六件煎餃，食具是一雙筷子、一隻湯勺。原來是豆腐芫茜湯和韭菜煎餃，簡單，卻很清鮮。這是頭盤。主人說，煎餃較燥熱，豆腐則寒涼，可以中和，這是食療的配合。

我端詳眼前的食具，都非常漂亮，既非陶器，也非青瓷，而是漆器，輕巧，兩種顏色，外殼是黑色，裏子是朱紅。眼前的漆器，除了托盤、湯碗、筷子、勺子，連食案也同一色調，如今已很罕見了。想不到，我們的祖先，無論走到哪裏，總不忘生活的情趣。這時，村長向我指示大廳，廳中鋪了一幅棋子方褥，一名年輕女子出來，手持一管很特別的笛子，行了一個禮，坐在方褥席上，嗚嗚咽咽地吹奏起來。我不知道吹奏的是甚麼曲子，音色悠揚婉轉，很好聽。表演完後，我們也剛好喝完湯。主人說，這是羌笛，羌族人的樂器。噢，羌笛，對我來說，早已是陳年古物。他讓女子把笛子給我看，原來是兩根細竹管用絲線連結在一起，管長約十三四厘米，有一個吹孔，五個音孔，豎吹，雙簧共振。我禁不住說：羌笛何須怨楊柳，春風不度玉門關。好詩，好詩，村長鼓掌讚歎。他以為是我作的，我當然也不會破壞他的雅興，說明這是後來一位詩人的作品。

喝完湯，年輕人把托盤移走後，廚房又端出另一個托盤來，這次是米飯，一碗花花綠綠的米飯，一碟栗子燜雞。米飯為甚麼花彩斑駁呢，原來除了白米，還有雜糧。雜糧？村長解釋，有紅豆、白扁豆、赤小豆、粟米、綠豆、紫薯，等等，不單有益，好吃，還好看。主人說，這是我族人的傳統，最初為避難而來，糧食不足，禾稻還沒收成，長輩為了節省白米，就混雜了其他，難關度過，發覺這做法很好。

五色飯非常好吃，真是津津有味，紫薯甜美，豆類有質感，米呢胖胖圓圓，顏色並非一般的米，就向主人請教。是糙米，它保留外層，富蛋白質、纖維等，比白米更健康。但比白米硬，不過只需烹調久些就行。其間，年輕人又端過兩次小菜，有蝦仁炒蛋、清蒸鯉魚、菠菜。普通家常，粗飯淡茶，主人説得客氣，可都是從自己的田中、魚塘裏來。我吃到了許久許久遺忘了的滋味。最後還有甜品，是蓮藕糯米糖食。

據説晉人喜歡喝酒，案上也有酒，村長説是石榴酒、梅花酒，都比較清淡，人們也喝的不多。村長告訴我他們一個很受尊敬的祖父輩，當年在外面做官，太喜歡喝酒了，公家的田都用來種秫，秫是有黏性的稻，可以做酒。他的妻子一再勸他種稻，他才一頃五十畝種稻，留下五十畝種秫，無酒不歡。結果辭官後，晚年一貧如洗，要親朋接濟。他的遺訓是，酒可喝，卻不可多喝。

這時候，兩個年輕人搬了一張長案來，放在大廳中的地席前，面向堂中的尊位。接着，出來一名抱琴的中年男子，把琴平放案上，自己則坐在席上，凝神莊嚴，氣度安和，然後彈奏起來。咦，這琴我從沒見過。別的古琴，我見過不少圖片，比較考究的古裝電影也有不少，大都是七弦琴。琴身高近似一個普通人，琴體扁平，頭尾差不多寬闊；彈奏時兩隻手的手指，按在琴弦上，節奏急時，像翻飛的蝴蝶。它是一尾會低唱的魚。我還想到，那世間還有那麼一張無弦琴，琴主邊撫邊說：但識琴中趣，何勞弦上音。

可眼前的琴，一半像魚，另一半卻又圓又窄，像海豚的嘴巴，更奇怪的是，彈奏時不是指按弦線，而是用竹尺敲打。村長見我一臉是問號，只吐出一個字：筑。後來，花花告訴我，筑是一種敲擊樂器，像五弦琴，在戰國時流行於山東一帶，筑體為木質，實心。中國古人說的宮商角徵羽這五音，相當於西樂的 do、re、mi、so、la，即是簡寫的 12356，卻沒有半音遞升的 fa 和 si。不過徵音和宮音可以變調，徵變為 4，即 fa；宮變為 7，即 si。羽聲昂揚，而變徵的音聲則顯得悲涼。我只見演奏者左手按弦，右手拿竹尺敲擊，動作很大、很快，筑音清越、優美，演奏完了才醒悟我其實停了竹筷。

見我對飯菜讚不絕口，終於有人問，外面的人，如今還這樣吃嗎？真是好問題。我說吃呀，直到現在我們還是愛吃米飯，吃麵，吃餃子，希望可以一直吃下去，但過去人口增長是幾何級，甚麼是幾何級？總之是一倍一倍地增長。食物怎可能追上呢，只好擴大食源、品量，又要保證生產，於是人工快速培植，縮短收成期。凡事有得有失。我看你們的大雞小雞，村前村後自由走動，啊，雞鳴桑樹顛。我們呢，雞隻成千上萬住在工場裏，光秃秃的沒有羽毛，五天內長成，還下了幾次蛋。接着運到輸送帶，成為烤雞，或者白切雞、油雞。其他畜類，大概也是這樣，都是不會走動的怪物。結果我們自己製造了病毒。為了對抗病毒，全都加了工，加了甚麼工，說了他們也不會明白，總之，其實是以毒攻毒，食物完全沒有真味，所以許多人，包括我自己，寧願吃各種各樣的藥丸，因為幼時有幸吃過一兩次真味，希望保持那種真的記憶。而江呀河呀，嚴重污染，空氣呢，充滿病毒。我見他們忽然愁眉不展，不知是不明白我的話還是甚麼，嘗試安慰他們說：近年，人口的壓力減少了，由於疫症變本加厲，死亡無數，加上大量外流。但說了，看來絲毫達不到安慰的效果。

六、

吃過晚飯，飯具收了，再把室內一半的席子也收了，最後把席前的憑几也一一搬走。眾人可沒有散去。而是坐在餘留的竹席上。原本一席一人或二人，如今一席四五人，有些還坐到我們的矮榻上，擠在一起。氣氛非常熱鬧。因為塢人仍想聽我講外面的生活，我喝了點石榴酒，也很興奮，多年來難得有人聆聽，就不停地講。

我說我們的世界，和塢內的生活，有相同的地方，不過衣食住行，已完全不同。我如今的衣着，是家居的衣服，出外要穿戴的是防毒衣裝，當然，我補充，我已很少出外了。食物、藥物可以通過管道，或者全息影像送來。我這套便服，我站起來，像貓模狗模，轉了一圈，並且在所有人灼灼的目光下，把短袖子襯衫慢慢脱下。這是上衣，不用布帶連接，而用鈕扣，像舞台演戲那樣，我的手指誇張地繞了個大圈，然後降落在衣服的扣子上。我把襯衫給他們傳看。無不嘖嘖稱奇，傳了一個大圈才傳回來。我知道他們對我的背囊很有興趣，背囊需按我的指紋才能打開，我拿出備用的百慕達及膝褲，告訴他們穿着的方法：打開拉鏈穿進去。他們男的女的，都嘻嘻哈哈地笑。又看我身上的牛仔褲，其中一個更不客氣地伸手摸摸褲料。當然，我身上的這條拉鏈可萬萬動不得。

說到行，我們要是出外，交通工具可不是牛車馬車，而是電動的機器，可以在地上走，在水上走，還可以在空中飛，直飛上空中九萬里。空中飛？大家都很驚奇。這時一位長者説，有甚麼特別的，我的外祖父在《南康記》裏就記載了一把會飛的青竹杖。一位在外地做監工的人，懂得通靈術，晚上就偷偷地乘龍回家與妻子相聚。後來妻子懷孕，婆婆懷疑她與人私通，於是留心偷看，發現原來是自己的兒子晚上乘龍回家。那條龍，到了家就化為青竹杖，放在門外。不是掃帚麼，這次反而是我問。不是，長者繼續説，這位老婆婆好奇，拿起青竹杖，結果馬上飛走了。青竹杖失去，這位監工以後回家，就改乘兩隻天鵝。你們，長者語重心長地説，都會通靈，會做青竹杖吧？

是電動，我説。我們是機械的世界，簡單地説，日常煮飯、洗手……全用電子機械，不用人手。我們的手，再過若干年，大概就退化到可有可無的枝條。甚麼是電呢？都是好學的群眾。電大家都見過，每當天氣惡劣，雷雨風暴，那時雷聲隆隆，電就在天空中出現了，那麼一閃一閃，在黑雲中飛出，從上空直殺到地面，把大家嚇一大跳，這就是電，天然的電。我們的科學家，像你們説的通靈，把電逮住，馴服之後，加以利用。我們看不見，看不見，不等於不存在。我試做給大家看。

我從背囊中取出三件事物，梳子、小剪刀、薄紙。看我表演通靈術，要電現身吧。我把紙剪個細碎，落在几案上，我拿起梳子，擦了好一陣後髮，因為早年長期佩戴頭盔，額髮早已退謝。然後我把梳子伸向碎紙，發生甚麼呢，碎紙彷彿有了生命，跳起舞來。有些還黏貼到梳子上。我說，梳子不是青竹杖，也不是天鵝，而是摩擦之後，喚來了電，我們叫靜電。電會發光、發熱，還會發力。大家都聽得呆了，我知道，我是個失敗的教師，他們可以投訴我不知所云。我真懷念花花，要是花花在旁就好了，由它解釋。我說，外面的人，好像甚麼都有了，可有一樣我們人類千百年來追求的東西，是越離越遠了。在他們要追問我甚麼東西之前，我反問：你們呢？住在塢堡裏，可好？

他們說，大致是：很好。對你來說，我們沒有青竹杖，好像甚麼都沒有。我們逃離戰火，這裏沒有爭鬥。和平、自由，大家互相尊重，彼此幫助。我們沒有甚麼君君臣臣父父子子那一套，村長是義工，由大家推選，兩年選一個新村長。這裏也很安靜，沒有車馬喧嘩，沒有東家長西家短的是非，我們最關心的，是怎樣耕好稻田，怎樣種好桑麻。一個忽然站起來，彷彿有感而發：我們沒有催稅的酷吏，沒有抽壯丁，沒有奴僕，人人平等，不管漢人胡人。說到漢胡，我想到一個問題，他們通婚，可是人口不多，千多人吧，又多為同姓，年月久了，就有近親繁殖之虞。我提這問題，原來世亂流離，塢堡眾多，有的大有的小，散佈各地，往往兩三之間有隱蔽的通道，一年選定幾次互通，交換物品，以至於相親。另一個青壯又繼續甚麼都沒有的話題，說：我們沒有曲部，沒有檢籍。甚麼是曲部，甚麼是檢籍，我其實不知是甚麼，反正不是好東西吧。有時候，有等於沒有，沒有才是真有。

那真是烏托邦了，我說，立即發覺，又說了莫名其妙的話。村長大概也猜想到我的意思，說：我們可不是不用努力工作，我們可得做好自己分內的工作。我們，其實也有隱憂。說時幾乎所有人都低下頭來。我追問，甚麼隱憂呢？村長猶豫了好一陣，只說：不足為外人道。

太陽下山了，屋子幽暗起來，年輕人忙着點燈，那是用燈芯點燃的高腳豆燈，當然比不上電燈了，我不習慣，所以仍覺昏暗。這時，許多來客都起身告辭了，他們習慣早眠早起。好幾位還熱情地邀請我明天到他們家去，吃飯，留宿，繼續我們的話題。於是大家揮手道別。

村長畢竟也多喝了石榴酒，倦了，要回房休息，吩咐自己的兒子帶我上客房。我的手錶發出綠色警號，是花花提醒我，距離變成東瓜還只有半小時。我正收拾背囊，發覺年輕人一直留在房裏，沒有離開。他大概有十六、七歲。終於這樣說：你走時，可以也帶我到外面去嗎？他直瞪着我，眼睛閃着靈光。我想了一下，然後告訴他聽來的一位王子的故事，這位王子生活在無愁谷裏，谷外面有圍牆環繞，安全，而且無憂無慮。但日子久了，覺得沉悶，就想到要逃出牆外，看看外面的世界。他以為外面有他要找尋的幸福的生活。他得朋友的幫助，到了外面去，經歷各種磨難，發覺幸福的生活，其實並沒有。他終於還是回到谷裏去。外面，年輕人，絕對不是你想的那麼有趣。我還是想去看看，不看看，怎麼知道要回來，他說。我的手錶亮出紅色，只有五分鐘的時間。我只好說，我們明天再想想這問題。我把他送出門外。歉疚得很，我竟然對一個後生說了謊，因為呼嚕一聲，我已經回到家裏，回到花花旁邊。

二〇二〇年十月

土瓜灣敘事

前言

西西的〈土瓜灣敘事〉，斷斷續續寫了許多年，寫了十多篇，合成一個約兩萬五千字的中篇。其中個別單篇曾經發表，一篇就名〈土瓜灣敘事（選段）〉，即本篇中的〈小花〉；另一篇名為〈圖書館〉，即本篇中的〈救書〉；〈盲姆看車〉，也曾在一本刊物上發表，記者並據此拍過短片。此外〈陳大文搬家〉，寫於二〇〇二年，是較早的一篇，發表後收在《白髮阿娥及其他》一書中，這個中篇也就不收了。她還寫過有關土瓜灣的詩，例如〈美麗大廈〉、〈土瓜灣〉，都收在《西西詩集》裏。〈土瓜灣〉一詩，原本不收入本篇，我反覆斟酌，還是編入了。

在我編導的紀錄片《候鳥——我城的一位作家》，西西並且曾用積木搭建土瓜灣一帶的街道，再加以講解。還有小說，深刻的長篇《美麗大廈》，她的確就曾居住在這麼一個大廈。泰半是自傳的《候鳥》和《織巢》，娓娓敘述她從內地移居土瓜灣的故事，以至《我城》，也是從土瓜灣寫起。土瓜灣，是她生活了大半輩子的地方，讀書、寫作，從一個中學女孩，到一個年已八十多的老婆婆，她的作品，有形無形，都留有它的印跡。這種對一個地方的感情，也許可以用人文主義地理學的角度去解讀，段義孚的 *Topophilia: A Study of Environmental Perception, Attitudes and Values* 是這方面的經典，中譯作《戀地情結》。Topophilia 一詞是詩人奧登推介約翰·貝傑曼（John Betjeman）詩作時的創造，那是指人對某個特定地方的愛，包含了文化的歸屬認同。對地方的歸屬、依戀，當然有心理的作用，但譯為「情結」（complex），恐怕多少予人病態的錯覺，那是經過長期壓抑而形成一種無意識的鬱結。無論奧登與段義孚應該沒有這個意思。人地之情，其實很複雜，不如說是「情愫」或「情懷」。段義孚說：「環境問題從根本上講是人文問題，首先是要讓我們認識自己。」段氏的大作，是理論框架的建立，〈土瓜灣敘事〉，以至《我城》或可作個案研究，這是具體的創作，且在小說美學上有所創新，寫一個地方，可以是小說、詩和散文的結合。

當然，我們沒有忘記西西塑造的肥土鎮，這想像的文學世界，其實也有現實生活的底蘊。而寫實之作，又何嘗沒有寄託？

〈土瓜灣敘事〉西西一直擱着，是原本打算多寫一兩篇，如今不再寫，這就是了。

何福仁

你有你的黎巴嫩，
我有我的黎巴嫩。
——紀伯倫

一、不過是找一個房子罷了

陳大文和文嫂要搬家時去看了許多房子。搬來搬去，始終還是選擇土瓜灣，離尖沙咀、佐敦都不太遠；過海也方便，有一個碼頭，可以到港島北角，算是適中的地點。而且，最重要的是，土瓜灣的房子最便宜。陳二文說，根據他的調查，土瓜灣有許多優點，因為瀕海，空氣不差，不像銅鑼灣或旺角，高樓大廈圍成石屎形谷地，車輛前仆後繼，廢氣揚起，浮游黑子滿天飛，久久不散，斑馬線上行人都用紙巾掩着嘴鼻，咳嗽聲此起彼落。大文對文嫂說：二文不是沒有道理，只是說話一向誇張。

不過是找一個房子罷了，又不是終生住所，隨時可以搬走，轉換環境的，陳大文說。文嫂立即瞪着他，不嫌麻煩費事嗎？上屋搬下屋，不見一籮穀，何況，我們將來不是會有孩子嗎？一個人和房子的關係，可以這樣隨便嗎？

二文對大文做了一個鬼臉。土瓜灣的地勢是西北較高，向東南傾斜，從馬頭圍道朝海岸一帶，土地平坦，從來沒有暴雨成災的現象。雨水多了，會迅速流進海裏去，連積水也罕見。雨季、風季，十號颶風刮起來，最嚴重的一次，只折斷了海心廟公園裏的十多棵大樹。這當然是可惜的，二文眼裏好像泛起淚光，但沒有山坡，也就沒有山泥傾瀉、牆壁塌陷的事。說到山泥傾瀉，二文雙手倏忽由上墜下。文嫂嘩的慘叫，許多年前她在電視熒屏前看到港島寶馬山山泥傾瀉，把整座豪宅活埋，影像太深刻了，她好幾次從惡夢裏驚醒。她決定仍住土瓜灣。

街道的名字，陳二文繼續他的調查報告，有的反映了街道的歷史，有的反映了街道的位置。土瓜灣道曾是漁灣，樣子像個土瓜。馬頭圍道是本來有一座碼頭，靠近碼頭是一個小小的圍村。譚公道是曾有一座譚公廟，供奉得道成仙的譚公。譚公廟道不是在港島筲箕灣麼？文嫂問。對了，要弄清楚，那是譚公廟道，多一個廟字，因為那裏有一座譚公廟。

木廠街的確有過木廠。土瓜灣不但有木廠還有染漂公司。那麼炮仗街必定是製造炮仗的地方。落山道的確是一段山路，從山上走下來，幾所中學就座落在山坡上，學生讀了書，下山走入社會。

也許有一陣子，二文說，民政官員對於為街道逐一取名覺得煩厭吧，街道那麼多，就想到用系列的辦法，名不一定要副實。最簡單的就用城市和省份命名吧，中國有那麼多的省城市縣，全部交給土瓜灣也用不完。於是浙江街、貴州街、江西街、江蘇街、福建街、安徽街，紛紛駕臨小小的土瓜灣。這樣究竟比第一街、第二街、第三街更有人情味。有人向花阿眉的朋友問路：西營盤的第二街在哪？他答：在第一街和第三街之間。又有人問他：禮頓道一號呢？這朋友答：在禮頓道二號旁邊。

城省命名的街道好像是同時期平行出現的，後來又有了新的花款，也不能說是新的，因為整個肥土鎮早期的街道，大多照洋名音譯。有的譯得怪怪的，例如Pottinger Street，叫砵甸乍街，Belcher's Street，叫卑路乍街，不過習慣了，也不成問題了，不是充滿地方色彩、歷史印記？可是在這麼土頭土腦的地方，怎麼忽然出現一個英文的街名Maidstone？字面的意思是石頭姑娘，陳二文翻查，原來英國肯特郡就有那麼一個市鎮，這次可沒有照音譯成梅德斯通，而是美善同道，真是音義都同樣美而且善了，原來這條街上建了一列公務員的樓房，住着公務員，說不定還有西洋人，誰知道呢，好像都是美善之人。

後來的街道，又有的一套套出現，比如美景、美光，雖然無美可言；有的上下相從，如上鄉、下鄉，鄉村的景色不存，不，這裏附近有菜市場，白菜、茄子、番茄、冬瓜、莧菜滿街可見，怎能說沒有田園景色。宋王台道是因為宋王朝倒台時，相傳那位年稚的宋王曾流亡經過。說來我在觀塘也遇上一個皇帝，二文說，一位在街道持着拐杖到處塗寫的書寫家，自稱「九龍皇帝」，我奉上土瓜灣的貢品：一個菠蘿包。只是土瓜灣嘛，可沒有收到他御賜的墨寶。他是曾灶財，文嫂對大文說，你在家裏不也是土皇帝嗎？

著名的十三街，全用祥瑞的動物名字，甚麼龍、鳳、麟、鹿、鷹、鵬、雁、蟬、燕、馬、鶴，表現了華人希企吉利消災的心理。有趣的是，十三街之中，有十一條是平行筆直的街道，不長，樓齡全都超過半個世紀。政府要收回重建，住戶有的不肯搬出。為甚麼不走，二文搖搖頭，是補償不足，而且，打破了二百家汽車業伙計的飯碗。

大哥大嫂聽得發悶，二文變得好像自言自語，其實他也習慣了。哥嫂倆寧願眼看多於耳聽。他們走了幾天，幾乎看遍了土瓜灣各式各樣出售的樓房。奇形怪狀的房子讓他們大開眼界。有的大廈有兩部電梯，一部停單數樓層，一部停雙數樓層。有一個單位，面積不小，原來飯廳是僭建的，在窗外懸空掛搭，只靠幾根木柱在外牆斜撐。繞飯桌一圈，地板會玎玎響，顫巍巍地震蕩。

陳二文假日休息，也跟隨大哥大嫂上長廊型的大廈去看房子，多一雙眼睛可以看清楚。走廊上的單位都關上鐵閘，有點像監獄。他到過廣東省一些地方旅行，看見樓房的窗戶，無論高低，大多都鑲上鐵框，從裏面看出來，一定感覺很安全，外面看呢，像鐵籠。

長廊型大廈的鐵閘，旁邊的牆腳是一個個香爐，遍插香支，而香火都對正對家的大門口，彷佛對家就是祭壇，彼此供奉。平日當然香火不斷，初一十五過年過節就加添元寶衣紙，弄得整條走廊煙霧迷離，最易發生火災。鐵閘拉開了，單位內沒有間隔，浴室沒有浴缸，文嫂搖搖頭。

陳二文從來沒有見過白髮阿娥，白髮阿娥倒認得陳二文，不過不知道名字罷了。如今一個是要出售房子的戶主，一個是前來找房子的客人。房子沒有看成，陳二文只記得一個小小的三百多呎的單位，前廳後寢，其實只是用書架分隔；叫陳二文驚異的是，這家人有那麼多的書本，有些還是洋文，家具好像就只有書本。幸好他不賭馬，不然輸輸輸，真是大吉利是。然後他發現，廚房狹窄，兩個人一起煮食就不能背對背了。而且，他留意到廁間牆壁上端裂了一條縫，應是樓上僭建做成的傷口。難怪他們想搬走。

二、兩種土樓

土瓜灣是怎樣的一個區？陳二文看電視節目，有人在港島找房子，看了幾處，顧客說太貴了；包租公一臉不屑的說，要便宜的房子麼？過海去土瓜灣找吧。陳二文覺得這是歧視。不過，也別把土瓜灣看扁，經濟起飛的那十年八年，連土瓜灣區區一個唐樓單位，也要上港幣一百萬。即使唐樓沒有電梯，屋內沒有間隔，浴室沒有浴缸，只設坐廁。若干年前，有錢的人家，就說成是百萬富翁。要找一個安身立命的地方，從來就不便宜。

土瓜灣最近成為報紙上的頭條新聞，恰恰和樓房有關，因為發生了塌簷篷的慘劇，而且一連兩宗，都在土瓜灣道上，相隔才一條馬路。簷篷都是僭建物。只要站在土瓜灣道上，抬頭就可見到無數巨大的招牌，掛在樓宇外牆，伸過半條馬路，而樓牆窗外，是密密麻麻的花籠、封密的露台、懸空的板房，這些都是看得見的；至於看不見的，隱蔽在大廈中間的天井內的、平台和天台上的，還不知有多少。其實，肥土鎮名流的豪宅，不少也有僭建。

這條街道上的房子的確太舊了，都是長者，而且都是連體共生，共有兩種類型。其一是長廊型，幾乎佔了一百米的街道，是在一幅土地上建起幾幢形格相同且相連的大廈，十二層高，一梯十伙，大廈中間是一道走廊，十個單位分佈在兩邊。各單位有一列大窗，朝馬路或內街，面積約三百多平方呎，只有一室一廚一廁。這樣的單位陳二文進去過，它曾經是白髮阿娥的寓所。她在那裏常常夢見水蛇，也許，寓所下面曾是炮製蛇羹的店鋪。

長廊型的大廈在社區內一佔佔了整整一框井字的面積，它的前後外部空間變成馬路和後街，它的左右外部空間形成橫街。面街的都是商鋪，樓梯開在店面間。電梯只升到十二樓，十三樓得拾級步行。搬運家具就得另議價格了。既是相連的大廈，二樓的面積打通了特別寬闊，適宜經營酒樓和小商場，如今存活的是酒樓、家具店和安老院。對了，土瓜灣是老區，青年人有了穩定的收入就會搬走，住進別區的新樓去，留下老人，所以安老院越開越多。在馬頭圍道緊接紅磡的地方，有一家的名字叫「老舍」。咦，花阿眉想，老闆可能是《駱駝祥子》的讀者啊？花阿眉一位退了休的教師朋友，告訴她一個老師和老舍的故事：一位已移民外國的女學生，回來探訪老師，通電話時老師說寒舍就在某某安老院對面，「對面」兩字在老師的咳嗽聲中，不清不楚，學生就走到某某安老院，看到安老院的環境，不禁悲從中來，怎麼老師淪落到此。花阿眉於是決定，再老一些，也不要入住安老院。

另一類樓房是回字型，單位分佈在四方形迴廊的四周，各單位並非背對背，而是大門都朝向大廈中間同一中心的天井。建築物的形式恍似北方的四合院，只不過，四合院是平房，貼近地面，它的仿製品都是高樓大廈。從外牆看，只見八扇又八扇密集的窗格，不漏縫隙，只有進入內部，才知道有露天的走馬迴廊，和一個空闊的庭院。不，不是庭院，因為最底的部分沒有空地，而是屋頂，沒有樹木，也沒有天台。陳二文所以如數家珍，因為曾隨兄嫂參觀時還做了筆記，繪了圖。迴廊也並不寬敞，但非常熱鬧，有人坐在藤椅上睡覺，有人出來曬衣服，也有婦女在門口聊天，小孩子奔走追逐。真是奇異的建築。這種建築，恐怕很快就消失了。

花阿眉對回字建築，可另有想法，那其實更像福建的土樓，建築師的意念，可能就來自那種圍繞式，大多圓形，部分四方的建築，土樓居民往往四代同堂，從內地遷來，當初是為了防盜，一族人守望相助。在肥土鎮，花阿眉曾經居住的美麗大廈，居民來自五湖四海，南調北腔，那時還沒有甚麼業主立案法團，仍然可以自發組織，輪流守護。欠油欠鹽大概向鄰居開口就有；一旦火警，長廊式的大廈是密封的箱子，迴廊式倒方便逃生。

陳大文可是覺得住在這樣的社區，有點像住在玻璃缸裏，沒有甚麼隱私可以保留，夫妻一場小架，左鄰右里，樓上樓下，不消一個時辰都會給你繪形繪聲，加鹽加醋。出入迴廊，得遭受許多奇怪的眼光，更會有一兩個好心的長者，對你半是勸告半是警告：家和萬事興。鎮日又得和迎面的人打招呼，想點話題寒暄，否則鄰居就當你傲慢。真是夠累的。再說，這種大廈，樓下並沒有看更，任何人都可以自由進出，治安肯定不佳。失竊事少，婦女出入受流氓調戲事大。這次，陳大文也搖搖他的頭。

三、住了許多年，其實還不想離開

最後，陳大文夫婦搬到土瓜灣最北的地方，樓高十一層，打開窗子，就見到宋王台公園的一排樹冠，再遠一點，就是舊啟德機場。這房子的價格符合陳大文的預算，分期付款，雖然只有一廳一房，但有浴缸，樓下有看更，交通也便利。當然，沒有一個地方是十全十美的，這裏過去每天有航機升降的噪音，到了晚上，大廈旁邊的工廠天頂，亮起巨大的霓虹光管招牌，招來了大群蝙蝠。文嫂說：比貴州街好。新居一廳一房，不知是否早有預謀，陳家不得不一分為二，大文夫妻、二文母子，各有各的二人世界。文媽也沒有意見，她覺得跟小兒子一起總比跟媳婦好，而且，她不想搬離土瓜灣老地方，她會不習慣。

當白髮阿娥見到陳二文，雖然不知道他姓甚名誰，可馬上認得這是個常常和店鋪伙計爭辯的青年。幾乎每一次，白髮阿娥見到陳二文，都是在落山道上，那裏有一列售賣鮮魚鮮肉、燒臘的店鋪。遇見這個年輕人，有時是上午，有時是傍晚，都是上市場買菜做飯的時間。第一次，白髮阿娥經過一家鮮魚店，聽到有人爭論，是一個青年和魚老闆。店鋪前面擺了一大堆擱在冰塊上的魚，有些一整條，有些分切了。老闆站在攤子旁的砧板前，裸着上身，掛着圍裙，手操菜刀。青年是來買魚的，要買的是一截魚尾。按照慣例，老闆秤好了魚，就搭了一截倉魚頭包在一起。

「我不要魚頭。」青年說。

「有頭有尾啦。」魚老闆說。

「我買魚尾，不要魚頭。」

「魚頭是送的，沒算你錢。」

「誰信你送，不夠秤，才搭魚頭。」

青年把魚頭掏出膠袋，朝路邊的溝渠一扔，魚頭恰恰飛過白髮阿娥的褲腳，滾下溝渠。第二次，卻是在燒臘店門面，仍是這個青年，他要買二十元燒肉，伙計拿刀一切，往秤上一瞄，說：

「二十二元。」

「我說二十元就是二十元，不要二十二元。」

「二十二元，多搭兩塊燒豬骨。」

「不要，買燒肉是燒肉，不是豬骨，這是原則問題。」

「又是這個年輕人呀。」白髮阿娥對身邊的女兒説。

「這些店總是硬要搭些魚頭豬骨，真是壞習慣。」女兒説。

「你買二十五元，他們就要你二十八元。」

「我們可總是啞忍。」

「原來是有人會爭論的。」

「但有甚麼用呢，他們只當你是傻子。」

「這樣子的服務態度，遲早要吃虧的。」

「你自己帶秤來吧，不賣給你了。」伙計把燒肉重新掛起，説：「你不如到超級市場去。」

「我會帶秤來。超級市場？不過跟你們狼狽為奸。」青年説完，穿過圍觀的人群，氣憤地走了。看熱鬧的人有的附和白髮阿娥，更多的嫌青年多事。

第三次，白髮阿娥果然就看見這青年帶着秤在超級市場出現，可不知道他能否買到要買的東西。

如果你問我，白髮阿娥沉吟，年輕人，以前，這裏並沒有超級市場。我家樓下左近，就有雜貨店。買米一斤一斤的買，用紙包好，繩子綁好。如果買多了，店鋪派人送貨。除了可以買米，雜貨店還賣各種油鹽醬醋、罐頭、豆類等乾貨。當年買油是自己帶玻璃瓶去打，一斤半斤，帶回家。那時候還不知道甚麼叫環保，可大家帶藤籃上市場，可沒有人用膠袋，買菜買魚都用鹹水草綑綁，連雞蛋也是用草繩紮好，用舊報紙包。每家人和雜貨店都熟，可以賒數，到月尾才一起結算。有時候跑進店裏，不是要買東西，而是摸摸大小花貓的頭，問牠乖不乖。牠伸伸懶腰。哪一家雜貨店沒有一兩隻在門口打瞌睡的花貓？超市有麼？

自從有了連鎖式的超市，像龐大的哥斯拉，把雜貨店逐一吞噬了。你一進門，計算機旁邊的姑娘，雖然頭也沒抬起，就說：你好。她給回零錢的時候，手伸到半空，也不看你。只有街市附近還有一兩家雜貨店，也不知是如何支撐下去的。有一家是南貨店，出售甚麼蘭花豆腐乾，竹笋，毛豆子，綠豆，眉豆，酒釀八寶飯。可以買半斤，或者買四五元。怪獸哥斯拉來了，把鋪租從根拔高，還撐在那裏，只可能是祖業。年輕人，你當然不會問我，你只顧瞪着廁間的裂痕，以為樓會塌下來了？我們好歹將就，不是住了許多年？我們其實還不想離開。

四、居住的理由

下課時恰巧碰上一位乘搭飛機專程來港
到書院來聽牟宗三先生講課的作家
一同步出校園後在土瓜灣天光道上
替他截取的士趕時間赴機場回台北
他匆匆對土瓜灣橫掃一眼說道：

你怎麼能夠住在這樣的地方
而且住了這麼久？我的確
在土瓜灣一住住了將近四十年
書院對面的中學是我的母校
書院旁邊的小學是我教書的地方
以前這裏是種瓜種菜的農田
遠些是港灣；同樣的問題

大概不會問這裏的印裔，以及越來越多的
新移民，我也曾是新移民
我們恰恰經過一條橫街叫靠背壟道
抬起頭來我可以看見附近一幢沒有電梯的舊樓

四樓上有一個窗口打開了一條縫隙
那是牟老師狹窄幽暗的小書房
他老人家長年伏案瞇起眼睛書寫
長年思索安頓生命的問題
無論住在哪裏總是漂泊
但牟老師畢竟在土瓜灣住了許多許多年
土瓜灣就有了值得居住的理由

五、請不要居高臨下地俯視

陳二文來到土瓜灣居住的時候，覺得一切已經完成了。完成，陳二文指的是一條並不長的街道，叫土瓜灣道。它彷彿橫空出世，從哪裏來，到哪裏去？去的地方很清楚，它一直延伸到啟德機場，然後飛走了。那麼它的來路呢？原來是從另一條馬頭圍道長出來的。馬頭圍道的誕生地是紅磡蕪湖街，這條街浩浩蕩蕩一直走，一直走，走到啟明街竟不見了。忽然，向前一踏步，已經進入了土瓜灣道。兩條街道平行緊靠，街道名稱並置，一左一右。世上恐怕不多吧，陳二文是這樣以為。曾有新移民拿着地址問他，土瓜灣道一號在哪裏？陳二文也學花阿眉的朋友，但不是答：在土瓜灣道二號旁邊，而是馬頭圍道一百二十七號旁邊。她以為開玩笑，二文就帶她去看。啟明街轉角的一家半邊鋪位就是土瓜灣道一號，旁邊就是馬頭圍道一百二十七號。多年來，店鋪倒換過許多手，如今是賣蔬菜的攤檔。

土瓜灣道一號的對面，是一個小小的三角形休憩公園，在四條交通要道的中心，車來車往，它兀自悠然安靜，還打理得秩序井然，樹木蔥綠，許多印巴家庭的一眾大小常在草地上野餐。如今，寸草不見，因為地鐵工程，小公園已成施工堆貨場，用木板團團圍住，圍板上畫了宣傳畫，圍板直頂伸出十二棵高大的椰樹。三角花園成倒三角形，底邊已成橫向的浙江街。如果在浙江街朝海的方向走，陳二文看看錶，十分鐘吧，就到了海心公園。這公園大得多了，旁邊有球場，裏面有露天舞台，有亭，樹木茂盛，小山丘上的大石，它自己也一定覺得奇怪，本來是在海心的。

土瓜灣道和馬頭圍道，好像吵過架，一氣之下各走各路，可又尷尬地不能不相往來，只好由另一條浙江街疏通。浙江街是兩條街的走廊，角色很吃重，而且，它接下漆咸道北的棒，大車小車，也朝舊啟德機場昂然前進。沿途經過蘋果屋啦、新亞中學啦、自高自大的豪宅啦，等等。

土瓜灣道的門牌號碼也是排列成單數和雙數，啟明街這邊都是單數，由一開始到最後的變電站，一共四百六十五號。而馬路對街則為雙數，由六十號領頭，因為一至六十號分給了三角小公園。可是到了街尾宋王台道，只是一百六十號，街號並不平衡，而且相差那麼遠？陳二文唯有切實去數數，原來落山道和上鄉道之間的一段路，是定安大廈的建築群，整幢樓群都用同一號碼，然後以A、B、C、D分別，一直數到L、M、N、O、P，真是舊區的怪現象。

陳二文回到浙江街上。它旁邊是一座工業大廈，也算相貌堂堂，樓下的賽馬會投注站往往擠滿了人，許多人沒有忘記，有一年大廈的平台忽然倒塌，傷亡慘重。可有甚麼辦法呢，還不是同樣的馬照跑。

在土瓜灣道，另一類型的樓房也很特別，從街外看，也是家家戶戶的窗子連接一起，但不是「回」字形，而是「非」字形，住戶門口對門口，長廊在樓宇中間，兩邊是住戶，窗子向街。跟馬頭圍道一樣，是巴士等大車兩線來去的大道，左右兩邊是橫街。說是橫街，令人想到窄巷。不是這樣的，土瓜灣道的橫街，都不窄，可以通車。

第一條橫街是啟明街，這是土瓜灣道的起點，看來還算寬闊，冷冷清清，有點落難荒蕪的樣子，可誰見過它昔日的繁華？白髮阿娥是見過的。在蘋果屋的室內街市沒有建成之前，本地的菜市場就在啟明街。當年，真是車水馬龍，人禽爭路。那是一地鮮雞鮮鴨的日子。街道的另一半，也絕不遜色，因為街尾接連榮光街，曾是著名的梅真尼製衣廠，當年可說是無人不識，盛時員工二千多人，老闆 Manoj 梅真尼是印度人。喜歡喝茶的人都知道名牌 TWG Tea，即是梅真尼的家族生意，從製衣變製茶，從香港遷到新加坡。啟明街經歷過熱鬧的歲月。附近又山寨工廠林立，帶旺了附近的飲食業，大眾化的粥粉麵飯齊全。其中最受歡迎的，是榮興茶餐室，老闆沖得一手地道的絲襪奶茶。內地開放後，製衣廠北移，街市搬入落山道，啟明街從此黯淡，據說悄悄地成為了一條劏房街。

第二條橫街是鴻福街。街內有一間「土家」，是區內團體聚腳之處，都是關心社區、有朝氣的年輕人。因此，有人自稱「土友」。翻查資料，原來有一位人稱作家的西西就一直住在土瓜灣的，她說：

我是「土人」，或者「土著」，不是「著名」的「著」，而是「著地」的「著」，張岱在《夜航船》裏解說過。土瓜灣的「灣」，粵人不照書本上說的，並不唸作「海灣」的「灣」，而是「環繞」的「環」，把陰平灣當陽平環。灣仔、牛池灣才讀「海灣」的「灣」。

有人追問她，那麼小的一個地方，在世界地圖上根本看不到，其實連肥土鎮也不會存在，何不把眼光放遠，視野放大？譬如，你何不尋找那個漂泊的羅布泊湖，那個消失了的巴姆古城，都是有趣、神奇的地方，而且各方注目，這樣你就進入了世界性的話題，你就受到世界性的注目。這位作家想也不用想，回答：有趣、神奇的地方我去過一些，的確打開了我的眼界，旅遊時，一定是我最愉快的日子；但我最關心的還是我生活的地方，哪怕是很小很小的地方，對我有意義就是。對你的生活，她說，你要有誠意，你不會介意外人對它沒有興趣。外人不知道，陳二文插嘴，是他們無知。不，我們不可能甚麼都知；你甚至可以咒罵它，但請不要居高臨下地俯視。

六、北角來的船，別上錯

陳二文邊說邊繼續行程，還是別打岔。

第三條橫街是銀漢街，名字記不牢，沒問題，但總會認得這裏的恒生銀行分行，銀行內坐滿夏天歎冷氣打瞌睡，偶然抬頭看看股市上落的伯伯嬸嬸；銀行旁邊是麥記，一個漢堡包，可以從早上坐到夜晚，又或者埋頭馬報，有了研究心得就跑過馬路，到對面的馬會申報。這一連三小街，都是短短的、封閉的，車子開進去，只能兜個小圈，出口仍在土瓜灣道。

第四條橫街是落山道，這橫街才真正頭尾暢通，四座結構特別的大廈出現了，佔了整整半條路，一至十五樓，由綱布包裹起來，像甚麼呢，花阿眉會說，克里斯托的雕塑。

從第四條橫街到第五條，是商業區，各種店鋪如花盛開，而且隨着年代的步伐而變化，鐘錶鋪變了手機店，國貨店變了時裝鋪，皮鞋店改為運動鞋店，木家俬店改為家居用品、辦公室鋼電腦枱。理髮店不單理髮，還美容。雜貨店成為超市。嬰兒用品變成寵物樂園。然後是壽司店、許許多多的食肆。但定安大廈的確定安不變，整段街的樓層也被面膜覆蓋，再揭開，可能又變了，變得年輕起來。它是本區的第三種樓房形式，從窗子可以辨別，面街的窗子不是連綿不斷，牆壁之間有了空隙，房間三面有窗。

第五條橫街是貴州街。到了這裏，土瓜灣道已過了一半，熱鬧繁華彷彿已開到荼蘼。再向前走，一邊是偉恆昌的建築群，前身是偉倫紗廠，後來和恒生銀行合資，建了三排十幢十五層高的西式樓房，每層各有六或八個單位。有電梯，浴室有浴缸。令人驚訝的是一廳兩房的設計特別，兩房是打通的。若要分隔，不用砌牆，做個大衣櫃不就行了嗎，兩室共用，門扇獨立。地皮本是偉倫紗廠物業，紗廠的「偉倫」，英文是Wyler。後來與恒生銀行、大昌建築合資，建成偉景閣、恒景閣、昌景閣，合稱偉恆昌新村。

這三家村共佔三條街，即美景街、美光街、偉景街。偉景閣是填海而成的浮城。各大廈底層，除了小商店、涼茶店，還有茶樓，兩家超市隔街對峙，還有一間郵局，開在恆景閣樓下一條暢通兩街的隧道之中。這一帶，本來清潔寧靜，交通和購物，也算方便，街道種植樹木，當年，一個單位只售十六萬。由於鄰近啟德機場，吸引許多空姐租用。

但時代漸變，土人常常喝茶的酒樓，不再接待本地茶客，變了旅行團的飯堂。忽然之間，新村之內出現了三間巧克力店，附近至少還有三、四間藥鋪、鐘錶店，標明政府註冊、免稅、正貨。看來都是集團的連鎖經營。陳二文進店追查，還沒開口，兩個高大健壯的店員，黑臉表示不歡迎。而原有的，小本的，為土人服務的，因為業主加租，不見了。每天充滿人潮，逛店的逛店，抽煙的抽煙，小童走出店外隨地小便。小童其實也不小。大人大聲喚喊，留下一地垃圾。海邊的小店，生意差，整個底層變了護老院。牆邊蹲着男女青蛙似的遊客。

第六條橫街名新碼頭街。的確，在這裏一站，就可以感受到碼頭勁吹的海風，可以看見游向北角的渡海輪。船只往北角，北角來的，卻分別往九龍城和黃埔花園，別上錯。渡輪班次疏落，每小時兩班，地鐵、隧巴把人從海面帶到地底去了。碼頭的名字令人誤會，以為這就是九龍城，其實不對。以前，這裏可熱鬧哩，渡輪不單載人，也載車，輪候過海的汽車排着長長的隊伍，司機都下車來看海、聊天、讀報。那時還有好幾份晚報。如今，再沒有汽車渡輪了，也再沒有晚報，碼頭變得荒涼。巴士總站呢，人流也不多，倒像是巴士跑累了，停下來喘息的地方。不載車以後，碼頭老去，水手老去。

街道平行並置，連碼頭也平排相鄰，九龍城碼頭的新渡輪旁邊，另有一個是開放式的，不過是一些立柱，撐着頂蓋，海邊有些欄杆，中間有石，成為登船的階梯。這碼頭有點像中環的皇后碼頭，名叫「馬頭角公眾碼頭」，普通漁船、遊艇登岸之地。常常見小輪渤渤地排浪而來，船上有人上岸了，船上的黃狗搖着尾巴興奮地跑來跑去。狗也想上岸吧，因為岸上漸漸出現不同籍貫的狗友。尤其是傍晚，主人帶着大小狗出來散步，人和人坐在長椅上聊天，狗和狗在互相追逐嬉耍。對於狗隻，陳二文有一個觀察，狗可能也經過改造，變得越來越小了，許多都沒有尾巴，有的坐嬰兒車來，炎夏時四隻腳還穿上鞋子。

碼頭前面，整個空地是九龍城巴士總站，巴士其實也並不多。二〇〇七年，五幢新的大廈落成，樓高六十二層，屏風一樣橫亙在偉恆昌前面。高樓下面是翔龍灣廣場，廣場外的空間很寬闊，一列高大的樹木。陳二文在樹下坐了一回，抬頭數到三十層就累極了。這時大群人從旅遊車下來，有的戴上同一色的紅帽，掛上同樣的襟章，橫過車道，來到馬頭角公眾碼頭，排好隊，只見兩三張揮動的旗幟，聽到吆喝聲。船來了，維港夜遊去了。

七、作家說這地方，不見得比自己說得更有趣

土瓜灣也有一條海濱長廊，比起尖沙咀的那段短狹得多，卻更適宜居民散步憩息。有一天，陳二文發覺有一個長者沿着長廊漫步，後面居然有三數人隨着拍攝，他問其中一個，她可是甚麼明星麼？不，那男子答：她是我城一位作家，正在拍紀錄片。

長廊由碼頭開始，一直通到海心公園的魚尾石，沿途有花草樹木，一邊是連接不斷的公園椅。路段不長，卻也經過三座公園，中間幾個出口，可以出外一陣，看看門外的驗車中心、荒廢的官地，看公園裏的人練太極拳、打籃球、唱歌、跳舞。然後再回到長廊裏，坐一陣，看海，看人垂釣，看日出日落。自從煤氣鼓不再用煤發電、青洲英坭廠搬走，土瓜灣的空氣無疑清新了許多，難怪不少藝術家搬進海邊的工業大廈。如果三個公園之一變成狗公園，就是狗主的天堂了。

偉恆昌街段的對面，隔着馬路，是興華、美華工業大廈，近年，樓上不少分割

成出租的迷你倉。樓下的商鋪，有些神秘得很，生意竟是關起門來做的，顧客都是內地遊客，珠寶啦、鐘錶啦，可能還有時興的甚麼，誰知道呢。陳二文也不知道，因為他不是團友。然後是家具店、車行。土瓜灣一帶最多，成為本區特色的，正是車行，汽車維修、買賣，單是牛棚對面的十三街，已差不多二百間。新碼頭街的一間，更引來不少觀眾，待修的車在街上排隊，像公立醫院的病人，嘩，原來是法拉利、林寶堅尼，鮮紅、艷綠，像玩具。到專用酒樓的遊客走過，往往不理搖旗催趕，佇足拍照、品評。那麼一個舊區，竟有那麼多名貴的潮車，真是，白髮阿娥有一句土語：「禾稈蓋珍珠。」

新碼頭街應該是進入碼頭的入口吧。可是這條街會轉彎，只可繞偉恒昌所佔的三條小街走一個圈，朝紅磡的方向走，否則就回到土瓜灣道。它像護城河，不過環抱的是紅棉工業大廈。所以在土瓜灣道上，第七條橫街、第八條橫街，都是新碼頭街。真要進入碼頭和巴士總站，得從第九條橫街新山道進入。碼頭前面新建的翔龍灣很快就不新了，就橫亙在這裏。翔龍灣背後的明倫街也是一條轉彎街，兜兜轉轉，投奔馬頭角道去了，它四周仍是車行，會否轉得昏頭？幸好都累了，停機息匙，等待修理。白宮冰室變為黑宮，古古怪怪的模樣，陳二文探頭內望，原來是紋身的地方。

翔龍灣的前身是人人害怕的煤氣鼓。中華煤氣公司位於土瓜灣道的一百號，從新山道到木廠街一段路，被土瓜灣道切斷，分為南、北兩廠。早年南廠變成中產翔龍灣，而北座最近也拆了一半，尚存一座管道和筒箱，恍如星球大戰的堡壘，既科幻又魔幻。難怪對街的茶餐廳出現了喝冰鎮奶茶的鐵甲人。

我城有這麼一位作家？陳二文到圖書館去搜查，找到一本叫《我城》，看了第一句已經猛搖他的頭，再翻其他，看到這個甚麼的作家這樣寫土瓜灣：

土瓜灣位於九龍城區南部，故稱南土瓜灣，簡稱南瓜。不知子時過後，甜美的南瓜又會怎樣變身？社會在變，何況小小的一個老地方？將來，馬頭角道上的牛棚藝術村和十三街又會怎樣呢？我們還會認得嗎？過了新山道、明倫街，然後是馬頭角道，這時候木廠街就在眼前了。這段路，自從飛機不再飛來，只留下一片荒涼。生意太少，店鋪大多關了門。然後是盲人輔導會的工廠。這是香港獨一無二的盲人工廠，佔地甚廣，我曾向樓下的看守查問，工場做的是甚麼呢，竟答他也不清楚。

我後來翻查，工廠成立於一九六三年，一邊為視障及傷殘工友提供庇護式的訓練場所，一邊也接各種工作，大小搬運用的紙箱、設計及製作各類禮盒；各種工業車衣、學生制服、機恤、風衣、帽子；各種環保袋，尼龍、帆布，等等。機場未還走前，朋友告訴我，當年工場對外開放，樓頂是觀看飛機降落最好的位置。工場對面是柏林爐具廠。再前面，見不到甚麼行人了，只見鐵絲網，那是舊機場的空地。土瓜灣道至此靜悄悄地讓路給宋王台道。

街道來到這裏，像宋代末朝的小皇帝，看來前無去路了，也未必，拐一個彎，花明柳暗，又另有一番景緻。土瓜灣道單數樓宇最末的數字是四百六十三號，屬於土瓜灣北變電站。接着是機場。高高的一列鐵絲網拆盡，換上一米高的水馬，兩個一疊，成為簡陋的圍障，貼上黏紙，標名政府的部門，過路者於是知道土木工程拓展署正在空地工作。

我一直在九龍城區居住，第一家在紅磡，位於蕪湖街背後的小街，當年座落在黃埔船塢圍牆外。四層高的唐樓，沒有電梯，屋內除了廚廁，沒有間隔，卻有騎樓。房子不錯，窗外是無敵海景，船塢牆外是一列大牌檔，叫外賣只需垂下吊籃。一梯兩伙，沒有鐵鬧，治安很好，家家開門共聽廣播劇，戶戶分穿工廠發派的膠花。我很幸運，父母讓我入學讀書，不入工廠。我每天在家維邨站乘巴士上學，幾個站的車程，在教會道下車。眼前一片農田，其中有小木屋，農圃道斜坡旁有一巨大石渠，我在石渠上走，不久就到學校了。這是上世紀五十年代，我唯一認識的路途。想來不免奇幻。從家維邨如何直達協恩？因為馬頭圍道在啟明道已分裂成兩半，不再貫通了。如今細說，地方固然不斷轉化，變舊、翻新，何況是人呢，我再不可能是昔日那個穿着校服的女孩了。

陳二文憋了最大的耐性，終於再看不下去，要是再看下去，他會知道土瓜灣還住了哲學家、詩人。不過他也有所得，兄嫂總嫌他叨嘮沉悶，他覺得作家說這地方，並不見得比自己說得更有趣，真好，這作家給了他自信的正能量。

八、真的認識自己生活的地方嗎

我真的認識自己生活的地方嗎？花阿眉想，這個夏天，決定不出遠門了，就在土瓜灣自由行。旅行，為甚麼一定要到遙遠的地方去？乘搭十多小時的飛機，花費又昂貴。即使是三數小時機程的鄰近國家，也要近萬元的消費，平日得省吃節用才行。難道肥土鎮就沒有值得去看的地方？我們總是不屑看身邊的景物。花阿眉覺得，為甚麼不可以在本土旅遊，就那麼四、五天，或者一個星期吧，在城裏的大街小巷閒逛；帶一張地圖，也揹着背囊，掛着照相機，其實跟到外地遠遊並沒有太大的分別。她旅行法國時，遇上攝影家阿傑的展覽，很受感動，於是自己也愛上拍攝。看到有意思的物事，就拍攝下來。到外地去，也不一定要看名勝風景，她寧願看看當地的人的生活。名勝風景，不能免俗，也要瞄瞄，不過到此一遊罷了，買一兩張明信片不就行嗎？所以，她已經在土瓜灣和海傍一帶逛了一天。今天，她的目的地是九龍城道。

從地區的地圖上看，土瓜灣位於九龍半島的東南。一邊是海，一邊是山，山的另一面是何文田。它的模樣像一棵枝葉茂盛的大樹，樹根根植於紅磡，樹冠散佈於九龍城。它的主幹是馬頭圍道，第二主幹才是土瓜灣道。如今都六線行車。

土瓜灣共有兩條大馬路，靠海的一邊是土瓜灣道，靠山的一邊是馬頭圍道，在這兩條大馬路之間，另一條同樣平行走向的是九龍城道，因為並不行走公共交通工具，路面較窄，也較短，以大馬路交叉點的休憩公園北端為起點。這個公園彷彿土瓜灣地景的三角洲，由左右兩條河流積澱而成。兩條馬路又像一棵巨大的果樹，本是同根生，逐漸茁壯，然後分出兩大枝幹，分叉之處正好成為休憩公園。

公園是倒三角形的，前寬後窄，最近經過修葺，出落得很標緻，四周圍着鐵欄和籬木，高大的樹木也不少，它是綠洲，是居民喜愛的市肺。而且四通八達，車來車往。翻新的公園內建了一座白色的矮房子，售賣小食，也作為公廁。公園有幾個出入口，幾條曲折的小徑，幾幅平坦寬敞的草地，可不要踐踏呵。如果稍加留意，就會發覺土瓜灣多的不是菲傭，而是印度籍或巴基斯坦籍的居民。花阿眉在外國旅行，總被人當是日本人，不然，就是韓國人。她也不能分辨印度人、巴基斯坦人。幾年前，她在居住的大廈乘搭電梯，碰到一個會講道地廣府話的印人，不，他說自己其實是阿富汗人，不過在這裏長大。阿富汗，幾年後她才像所有人那樣，忽然知道這麼一個地方。

我們總是忽然才領悟世上還有那麼不同的人。印人、巴人在這裏定居，就經常到公園來。花阿眉在公園裏看見一群穿着花紗褲、長罩衫的婦女，圍着繞到肩膊上飄逸的紗巾，坐在草坪上，小孩子在身邊像穿梭蝴蝶。他們倒是穿裙子，再加短褲和襯衫，頭髮鬈曲；小男孩頭上還結上髻團，像小麵包。小孩子都有黑亮的眼睛，眼睫毛長長的。她懷疑自己有點印度的血統，她的皮膚黝黑，大眼睛，小時居住上海，一次出外遊玩，忘了回家的路，大哭，一位好心的大叔把她帶到印度使館去。

九龍城道就由小公園的北端開始，南端小公園則是土瓜灣道的起點。九龍城道是一條充滿奇趣的街道，尤其是前半身，熱鬧、活潑，並非土瓜灣任何街道所能比擬。因為這裏曾是街市，黃金時代延續了近百年，直到最近，附近建了一座政府大樓，上層是康樂部門，中層是圖書館，低層還有診所，最底下的兩層是戶內街市，把街上菜攤子、鮮肉檔、雞鴨欄都趕進大廈內，乾貨小鋪則塞進大廈的地庫。雖然有空調，但走道狹窄，互相隔閡，怎及得大街上海闊天空。市民就愛擠在一塊兒，大呼小叫，討價還價，拖兒帶狗，召朋喚友，閒聊的閒聊，吵架的吵架，動武的動武。一天總有早市和晚市，各種小攤子一路漫延擺放，足足有四分一哩長。如今風光不再。不過，還有些小店鋪、鮮魚肉枱留下來，罩燈映得鮮肉一片艷紅，方便匆忙的顧客。這個鬧市仍有它自己的個性，不時仍有些小販擺放攤子，小販管理隊也按時出動捕獵，或者乾脆株守在路中心的安全島上。他們當然知道，把小販趕絕，他們無事可為，就會削減人手。

還是那家中檔的飯店風采不減，中午時分多了一批顧客，一輛旅遊巴在門前停下來，數十遊客魚貫下車進入飯店用膳，團員衣襟上都掛着團牌，一聽口音，一看髮型、衣着，就知是內地來的老鄉，有的雖說穿了皮鞋而非透明塑膠涼鞋，可一雙玻璃絲襪，三個骨長度，恰恰拉到膝蓋底下二吋，露出寬緊帶的襪頭，和及膝裙差了那麼一截。飯後，男子都蹲在店前抽煙，戴墨鏡。

花阿眉知道，這些遊客會越來越多，因為已有兩家酒樓，她偶然會去，如今只接待他們。附近開了三四家巧克力店，號稱免稅、正貨的藥店。這些遊客，肯定帶來不少利益，只要不是收進兩三個老闆的錢箱，只要沒把富於地方特色的小店擠走。

九、走鬼

另一天，花阿眉從土瓜灣道1A起步，沿着這條街北行，健步者只需十多分鐘，就抵達貴州街，可沿途瀏覽商櫥街販。小販的貨攤一般有張飯桌大小，鋪了底布，堆滿貨物，有十塊錢四條的小毛巾，十元八塊的大毛巾，二十元的沙灘巾。有各種頭臉小小的鎖鑰、指甲鉗、鈕扣、針線，有印花的T恤，隨風尚改變圖案，世界盃時則通街是碧咸、朗拿度。但更吸引人的卻是那些流動小販的走鬼。走鬼？這是小販在街頭無牌擺賣，執法人員到來抓捕時，把風的人呼喚逃走的暗語。幾十年前白髮阿娥從內地初來就學會這個特殊詞彙，當有人喊走鬼，她本來是顧客，最初見萬馬奔騰，也跟着跑，陷自己於險境；後來，她已懂得在一旁站定，不要阻擋，也不要被喪命飛馳的貨攤車撞倒。潮汐一天才起落兩回，走鬼呢，一天起碼三、四次，晨昏各一，有時中午也會上演。有點像含羞草，一碰就畏縮收藏起來；無風無浪，又緩緩伸展枝葉。

小販經常變換，可攤檔卻長年不變。還有賣茶果、糕甜、塑膠玩具、冒牌手袋、國貨公司土製塑鞋、布鞋，那種黑布搭扣的布鞋才二十多元一雙，卻是某一年巴黎前衛女子的時尚。在一列車攤子中間，夾雜着簡陋的地攤，有賣老花眼鏡的，可沒有甚麼驗眼的設備，將就將就，戴上不頭暈，看得較清楚可就行了。也有賣夜冷雜物的，照相架、小擺設、小玩具、聖誕飾物等等。地攤最方便走鬼，小販巡邏隊來了，小販抽起鋪布的四角，一提就跑。反而是木車，笨重，磨磨蹭蹭，終於轉入橫巷，或者閃進小店去。也許小店生意差，不過把貨品擺到門外；也許，小店和小販有了默契，收下把風、收藏費。

攤販的貨物反映需求，這是土人的靈通。有些店是沒有甚麼好看的，像銀行、酒樓、照相館；甚至鞋店、服裝店、餅店，都難有驚喜。茶樓在早市時把點心堆出門口售賣，午市則堆飯盒，方便你不必進去。服裝店幾乎都貼滿了大出血、劲減、業主收樓、最後三天的告示；別擔心，這樣的告示差不多張貼了三年。家具店偶然換換新款的桌椅，可都是木屑板的粗製。電油站老說自己的油最好最不污染。報攤販甚麼時候開始減價五毛，還奉上膠袋、紙巾。還是新開的寵物店可以瞄瞄，櫥窗裏肥胖的波斯貓，總是懶洋洋地打盹。一家透明的髮型店，店裏的小狗午間就自己溜出外，在店前的樹下小便，事畢又跑回來，用小爪拍門。

最一無可看的是賽馬投注站，這當然是花阿眉的淺見。每逢周三及周六，有時是周日，店內店外擠滿了人，不是埋頭看馬報，就是抬頭看彩池。有些，甚麼都不看，眼神迷惘、呆滯。陳二文認定自己每次都贏，因為他不賭，他連有時獎金累積過億引致全城發瘋的六合彩也不買。但他研究過馬評，那是專門的術語，往往是四字真言，例如出賽的有十二匹馬吧，一匹評語是路程正宗，一匹是負磅有利，一匹是蓄鋭而來，一匹是坐位望贏，一匹是騎功有助，一匹是檔佳可爭，一匹是留前門後，一匹是志切交代，一匹是老馬有火、一匹是有力出冷，一匹是大熟當起、一匹是勇態不減。陳二文認為在這個糟透的社會，只有評馬人才是公平的，給予所有馬匹平等的機會，如果你不賭錢，豈不有趣？

到了貴州街，土瓜灣道已所餘無幾了，餘下的只是工廠大廈。再走過貴州街休憩處，在一幢破舊、恐怕已不再運作的工廠大廈後面，就是巴士總站，面對九龍城碼頭。那工廠大廈叫紅棉，另一邊，花阿眉許多年後才發現，它的名字真好，叫幸福大廈。花阿眉拍了幾張照片，好像也拍了一點滄桑。

十、街景

一名高大男子
肩上扛着一個
狼牙棒似的粗棍棒
上面插滿了
一層冰糖葫蘆
一層糖漿餅乾
一層麵粉糯米糕
每個甜食都用
玻璃紙包好

孩子不是最饞嘴嗎
看來也沒有興趣，只有
三兩個印籍巴籍少年
指指點點，笑着走開
人呢車呢飛快地閃過
後來，他獨自走進
一幀黑白的照片裏

傍晚降臨
街道靜寂
有人收拾店前的蔬菜
把爛葉扔進竹籮去
一灘水漬

銀行的門前
工人在加裝鐵閘
有人沖洗
地面的文字
幕牆上的標語
十字路口
有人修理交通燈
有人把手伸進垃圾桶內
一個老婦在超市外向着紙皮灑水

十一、救書

各碌各碌各碌，這是影印機吃角子的聲音。圖書館裏這部唯一的影印機生意不錯，老是有人在排隊。不過，今天倒沒人輪候，只有一個人在不停地影印，好像要把整本書吃掉的樣子。站在機器面前的是一名女子，陳二文認得她，她當然也認得陳二文，雖然都不知道對方的名字。土瓜灣有多大，又有多深？一出家門口碰見的都是見慣的臉，不同的是，雖然常常見到，卻沒有問安、今天天氣，等等。就是這樣，在超市，在快餐店，在電腦班上，陳二文會碰到花阿眉；在業主召開的樓宇大維修會議上、舊衣回收站、海濱長廊晨運時，花阿眉會碰到陳二文。碰見就碰見，大家讓過一旁，然後各走各路。決不會上演電視劇集的橋段：哎呦，不小心掉了手上的幾本書，散了一地，馬上從拐角閃出一個白馬王子來，哦，怎麼這麼巧，可以讓我幫手效勞嗎？沒有這種情節。

公立圖書館設置影印機是本世紀的事，不能說不是德政。尖沙咀的文化中心，早年有一所藝術圖書館，收藏的是一般圖書館不上架的珍罕藝術書籍，唯一遺憾的是，只許堂看，不供出借。花阿眉總得抽空乘搭半個小時巴士前來，匆匆看幾十頁，然後依依不捨，和莫迪里安尼、夏加爾，以及米羅等人告別，等下次有空再來。試過一次，想看的書竟然不見了，又不可外借，難道給吃掉了？另外一次更慘，想看《容與堂刻水滸傳》，不是查閱文字，而是看精彩的繪畫。見到了書，無限歡喜，哪知一翻，頓然呆住。全書一百多幅的插圖全被撕掉，彷彿好漢全都離開了梁山泊。再後來，那藝術圖書館索性連自己也不知如何，消失了。

陳二文是常常到圖書館來的，每個月總有三至四次，不論風雨，每次借八本書，一本不多也一本不少，而且準時歸還。土瓜灣這區不錯，有一個圖書館，在建築物頂樓畫了個蘋果的政府大樓，樓下是街市，賣瓜的賣瓜，賣花的賣花，也賣牛肉豬肉和活雞。吃錯了、讀壞了，可以上二樓，上面有診所。高層有康文署，可以去訂室內運動場打羽毛球、籃球、排球，也可以訂戶外的足球場。很奇怪，肥土鎮的地區圖書館常常會設在街市樓上，大概是為了照顧街坊兩方面的食糧吧。離蘋果屋不太遠的另一圖書館也是在街市旁邊，那裏是紅磡街市，真令人相信這是刻意安排的。以往陳二文在樓上圖書館看過書，就會到樓下的大牌檔喝一杯絲襪奶茶。不過紅磡那邊的圖書館比較受一般讀者歡迎，因為大廈有洗手間，土瓜灣蘋果屋整幢建築物居然沒有洗手間，倘需如廁，唯有擠到樓下的街廁，總是濕漉漉的，必須步步為營，本來是方便的地方，變得很不方便。

花阿眉也常常到蘋果屋圖書館，她喜歡這圖書館，原因只有一個，許多年前她有一位愛看書的莫氏朋友，也住在土瓜灣，莫氏夫妻兩口子住一個小單位，房間內只容納一張床，一張小桌，兩把椅子，和一座鋼琴。這兩位花阿眉的朋友常常上圖書館，彷彿圖書館是他家的客廳和書房，而且冬暖夏涼，有空調享受。那些日子，朋友趕上拉丁美洲文學的爆炸，圖書館的文學書大多數以英美居多，旁及少數法德作品。花阿眉這朋友於是向館方提供一個書單，要求購置稀罕的新書。花阿眉對朋友說，別傻了吧，誰會替你購書呀，還是自己去訂吧。嗳，可不要小看圖書館的館長或職員，不久之後，館內就出現了莫氏書單上英譯的《百年孤寂》、《酒吧長談》

了，還在陳列新書的架上展覽一番。一個小小的地區圖書館，居然有好幾本拉美的新小說，豈是普通的品味。當時拉丁美洲的小說，是還沒有被哥倫布發現的新大陸；可它們竟然出現在土瓜灣。你看，教人如何不愛蘋果屋圖書館呢？

一九九七年後在維園對面落成的那一座偌大的圖書館，奇怪花阿眉一直敬而遠之，為甚麼會這樣呢？不喜歡它的樣子？她自己也不能解釋。不過她最近終於好歹找到個理由，是這樣的，她在洋書店看到湯馬士．品欽的新書 *Bleeding Edge*，四百多頁的精裝本，急不及待買了，因為近年到洋書店買洋書的人少了，書店也就甚少售賣文學書。呵，洋書店根本就少了。誰知當天她路過在維園對面那一座偌大的圖書館，上去瞄瞄，新書專櫃上，*Bleeding Edge* 赫然出現，花阿眉的心裏立即在淌血，幾乎暈倒，那書的精裝本，一點也不便宜。心理是一種奇怪、無從觸摸的東西，花阿眉終於找到對那圖書館既愛且恨、不敢走近的原因。

那麼，另一個到圖書館去的陳二文，又會選擇甚麼樣的書？又有沒有再向館方提供書單呢？沒有。不過他做的是另外一件事。每次，他到圖書館來，會帶一個背囊，或者大布袋。他會在圖書架的林木中取出各種不同的書：他認為好看的書，值得看的書，有趣味的書，與別不同的書，寫得好的書，放在書架上令人肅然起敬的書，他細心地翻開第一頁貼着借書、還書日期表的紙頁看，啊，最近有人借過，那很好，不錯不錯，像探訪老朋友那樣，心有靈犀，不必說話，就把書安放回本來的地方。如果另一本打開了，呀，半年也沒人借過，甚至一年、兩年、三年，糟透了，這麼好的書，要是常年，大概七年吧，要是沒人借的話，是會給殺掉的，也即是，會被註銷、被失蹤、被人間蒸發，最後，被遺忘。所以，陳二文到圖書館來，不是來借書看，而是來救書，救書的方法，是把它們借出去，換換外間新鮮的空氣，過兩三天再送回來。公立圖書館有那麼多，陳二文不可能逐一到各處去救書，他只能選定自己的範圍，收窄戰場，能救多少就救多少吧。

在圖書館的一角，影印機還在各碌各碌各碌吃角子，花阿眉在館裏看見陳二文又八還八借，把背包塞得重甸甸的。這個人看這麼多書，不知道看些甚麼書呢？又看得那麼快？只見陳二文臨走時向工作人員遞了一張紙條，花阿眉想，寫了些甚麼呢？難道又是書單？工作人員瞄瞄字條，馬上從座位走出來，朝一排書架走去。原來字條寫着：請注意，武俠小說那邊，一個穿着花條紋襯衫、短褲，戴鴨舌帽的傢伙，每次翻書總用手指沾了唾液。

十二、偌大的公園竟容不下任何貓？

總要等颶風過去四至五天，花阿眉才會再到公園去散步。專家們這樣告訴我們的：颶風來襲，會導致樹木受傷、泥土鬆脱、斜坡傾塌，颶風雖然停息，樹木在泥土上站不穩，根部抓不住實土，容易倒下。所以，花阿眉不敢冒險。

公園有自己的名字，既不叫公園，也不叫運動場，而叫遊樂場，大概因為其中一大片面積設計了不少遊樂的滑梯、鞦韆、攀爬架，而另一邊的空地又有供長者運動的轉輪、繩架、踏板等設施，也就吸引了長者和兒童。這邊是羽毛球的天地，那邊就是小三輪車的賽車場了。

公園是花阿眉許多年來常常散步的地方。數十年來，公園一直沒變，仍是老模樣，兩個相連的足球場和兩個相連的籃球場，中間隔着一座斜三角形的觀眾台。看台底層，是一列更衣室和廁所。球場外由一圈步徑包圍，包圍步徑的當然就是植物了。它們是高大的喬木，低矮的灌木，貼地的草木。各類樹木綻放不同的花朵。其中有十多二十株台灣相思，還有許多株不斷地撕裂自家衣裳的白皮松。

花阿眉認識的樹木不多，公園的樹木也不算太多，有雞蛋花、洋紫荊、宮粉羊蹄甲，這些是高大的樹；矮的呢，有天堂鳥、大紅花、燈盞花，以及發瘋似地綻放的杜鵑，到了秋天還像一個火球在燃燒。偶然，公園內還忽然出現一二奇異的花樹，花阿眉叫不出名字，但忽然又會失了蹤。只有棕櫚樹是屹立不變的，而且越長越高，酒瓶似的身形越來越闊。花阿眉經過許多年，才留意到小賣部的涼亭前一叢並不起眼的樹木，那是魚尾葵，樹幹挺直，但葉片像散開的魚尾，也彷彿被胡亂裁剪過，最特別的是，它的果實纍纍密集，一串串圓珠。它原來一直守在那裏，只是少受人注意。

到公園來晨運、午運的，似乎也是長年不變，在步徑上的仍是那些姿態各異的競步者；仍是持着拐杖一拐一拐的長者，背後跟着一名菲傭；中年人推着一輛輪椅，椅上是一位長者；年輕梳着麻花髮辮的姑娘伴着老婦一起繞圈而行，數十年過去，花阿眉還看見她倆在眼前橫過，彷彿不散的幽靈。

其實，也不是一切都不變。更衣室和廁所以前不是被蚊子攻陷的麼，現在卻清潔通爽得多。來上體育課的學生，他們的運動服飾完全屬於不同的世紀。坐在室內運動場外梧桐樹下休息的花阿眉，見到三、四歲的小朋友獨自踩着滑板飛馳而過。

花阿眉常常會站在園北的步徑上，那是園區斜坡的頂端，可以遙望馬路對面的牛棚。數十年前，牛棚近馬路的邊緣，花阿眉見過母牛和小牛一齊在吃草，多麼溫馨的場面呵，如今好像一片殘垣敗瓦的樣子，是拆卸甚麼還是重建甚麼呢？公園的位置坐北朝南，園門分佈在東南西三個方向，每一門外都有園規說明。花阿眉總是笑笑，其中一條說，不得攜犬入內。事實上，的確沒有人攜犬進園，但園內常見沒有人攜的大狗自由行。狗最喜歡公園，你寫的又不是狗文。園內曾經有許多貓，貓也喜歡公園，可如今一隻不見。偌大的公園竟容不下任何貓？

清晨和傍晚的時分，公園最多人，晨運者有不少長者，耍太極拳、跳扇子舞、表演劍術。步徑上漸漸出現競行者，然後就由年輕人佔滿足球場和籃球場了。中午相對清靜，只有附近的白領穿過上飯館和食肆。傍晚又恢復熱鬧的景象：涼亭內坐着婦女在玩紙牌，遠一點的草地上坐着一群南亞裔的男子，也在玩紙牌，如果是假日，就有成群的外傭相聚一起。年輕的異國少年在足球場上玩板球，硬球撞在鐵絲網上總令人躲避，也吸引了觀看的網外人。花阿眉在網外散步，常常看見陳二文在網內打球。

朝牛棚那個方向看過去，牛棚的那邊還有煤氣鼓、十三街、盲人工場，然後就是宋王台和舊啟德機場，也就是土瓜灣街的終點。土瓜灣不是一個區，只是一條土瓜灣道和幾條街道，所以，這個地方沒有警署、沒有醫院、沒有電影院、沒有大商場、沒有大酒店。但這裏有碼頭、有海濱長廊、有公園、有圖書館，還有很多很多令汽車大感滿意的美容院、澡堂、診所。

十三、土樹魚尾葵

陳二文很少照鏡子。魚尾葵更從不照鏡子。他在公園裏逛了好一陣，忽然想到，土城是否也該選一種有代表性的植物。這時他正走到涼亭的小賣部，小賣部前面恰好有一大叢魚尾葵，其他地方就較少見了。選土花土樹，要配合地方的環境氛圍才好。他選了魚尾葵。

魚尾葵不是水仙花。整日端詳自己的容貌、體態，豈不易累，易患抑鬱症，也是對萬能的造物主不敬。陳二文很快就融入魚尾葵的角色。魚尾葵敬愛造物主，相信造物者對各事各物的創造均有適當的安排。

魚尾葵高大似喬木，枝幹帶有橫環，似竹，可又不是竹。它是棕櫚，卻又沒有棕櫚那酒瓶子堅實粗壯的身段，也沒有在頭頂上爆發，如煙花款擺的大葵扇。可別把位置和方向弄錯了，葵扇是有的，多而且密，長在伸長的手臂尖端，而且多重破裂，多鋸齒，多……陳二文一時再想不到那麼多。

魚尾葵最特別的是葵葉像魚尾。要怎麼形容它的樣子呢？令無數數學家、物理學家、生物學家、植物學家、畫家既雀躍，又困惑，多番鑽研，它不是圓形、方形、橢圓形、三角形、雪花形、多角形、錐形、平行四邊形，最後，靈感還是來自一個寫小說的人，稱之為分形，據說和翻起的浪花同一形格。小說家？文嫂插嘴說：我平日也看亦舒。是寫《平面國》那位。

魚尾葵美麗嗎？真是見仁見智的問題。陳二文就近訪問了幾位在公園裏經常出現的人物。一個每天做晨運的長者：魚尾葵？從沒聽過。一個每天和朋友一起跳扇舞的大媽：葵樹，可以做花扇嗎？一個西裝打扮手拎公事包，一早就坐在公園裏打瞌睡的中年，抬起頭來：唔好玩我啦。唯一對訪問對答如流的，是公園外一位流浪漢，不，園外石階下的一角就是他用紙皮搭建的居所，居所旁正好有幾株魚尾葵：美麗，它像濟公和尚的葵扇，可以作法，可以做我們丐幫的旗幟。陳二文給他兩塊錢，他拒絕了。不知是嫌太少，還是因為接受訪問而收錢，有失尊嚴。於是，根據調查所得，沒有人反對，一票通過。陳二文也覺得自己有眼光。

魚尾葵依家族傳統辦事，莖幹挺立，不分枝；喜歡溫暖的氣候，喜歡潮濕，會選擇有遮蔽的大樹下亭亭成長，快樂地生活，而忌怕陽光當頭直射。它會藉光合作用製造食物，充實自己，在繁衍的季節，綻放黃花，結成寶石般的漿果，由綠轉紅，自頭頂垂下，如同埃及女王。纍纍果實，像甚麼呢，像掛在樹幹的地拖，地拖？陳二文毫不浪漫，只想找到貼切的比喻。但它吸引雀鳥啄食，飛鳥也替魚尾葵傳播種子，這是動植物之間的合作，互相幫助。會有人特別栽種魚尾葵麼？有的，不過好像不多見。它自求多福，雖然不起眼，畢竟姿態婆娑，會拒絕污染環境，又容易栽種。

若問這樣的生命有否更多的意義，問錯對象了，魚尾葵不是孔子，不是蘇格拉底，它有甚麼寓意呢，它從不照鏡子。

十四、盲姆看車

我是車盲，花阿眉想，若有人問起，汽車甚麼的，我只能提供似是而非的白痴答案：有四個車輪的東西。要是這樣，一頭白髮的阿娥每天都坐車，而且是私家的，前面的輪子小，後面的輪子大，那是輪椅。這一帶坐輪椅的老人漸漸多起來。奇怪花阿眉竟一直生活在車行最多的地方，買賣汽車，為汽車美容、配備零件、洗泡泡澡，汽車醫院等等，而且越開越多，聽說總有三百家。她想，有些汽車大概跑累了，脾氣不好，尤其是那些大塊頭，要是對老人家客氣些，行走時前後留神就好了。

開始注意移動的車流，完全因為發現跳蛛有八隻眼睛，圍成堡壘，分佈頭胸腹一體的前後左右。前兩隻後兩隻彼此貼近，左兩隻右兩隻相對隔離。這格局與汽車相似，亮燈時分尤其醒目。蛛眼不分框圈和瞳仁，彷彿圍棋黑子，遠望如同虎眼。不，應該是汽車像跳蛛。應該在野外叢林內和應該在科幻小說中的怪獸，都釋放到土民居住的街道上，有時排成二行、三行，把人驅趕得扶牆而行，有時，把落藉的大樹死活凌遲。

要看蛛眼，花阿眉只好站在窄窄的行人道上。數十年來，蛛眼反映了我城的變遷。花阿眉找尋的蜘蛛眼就浮現在車房的玻璃窗上，二三十年前，還不覺得有甚麼特別，大多平平無奇，並不起眼。起眼的，未必會屈尊蒞臨。如今呢，機場飛走了，土瓜灣這一帶正逐步翻新，汽車也經過不斷演化、基因改造，顯得各有性格，個個都戴了不同的面具，參加嘉年華似的。以往改變顏色，用的是噴漆，如今呢，用彩貼。花阿眉曾在公園入口外的一家車行外，看易容師傅為汽車裁剪糊貼，真是神奇的手工。

本來溫馴友善的圓蛛眼，也可以變成不規則的三角形、斜鑽石形、六眼並排形、閃電形；眼內不再透視圓燈泡，或光管、熒光棒，而是從 LED 聚光燈降生，由電能轉化，凶神惡煞。那個豬鼻子可以是側躺的蠶繭，可以是拆剩防塵板的冷氣機殼，也可以由鋼架支起，翻出了內臟，這時候，一兩個外科醫師就臥在車的肚皮下面望聞問切。這時候，花阿眉才可以從容觀看。最漂亮的豬鼻子，她會投 Bugatti Bleu Centenaire 一票，帥得可以殺死人。我只是選鼻子罷了，花阿眉喃喃自語。至於鼻子底下的嘴巴，可更俏妙了，有的鯊魚形、河馬形、血盤大口形，獠牙盡顯。潮流不是都說該環保、得省油、爭空間，房車可有些變得更大更長，反而跑車則更矮更貼地，更多義肢，黃色、橙色，活脱脱放大了的玩具，但也更吵，三更半夜轟隆飆過，直吵到天明。飆車的富少大抵都戴了掩耳的隨身聽。車行成行成市，她懷疑不多久就會有一兩所汽車精神病院落戶。

花阿眉家樓下的街道，本來寧靜潔淨，已被車輛和旅行團佔滿。她出外時，總希望有摩西過紅海的本領。樓下轉角的維修公司，店內外總停泊着漂亮的法拉利、瑪撒拉蒂。昨天她見到一輛炭灰色的林寶堅尼，車後頂的凹板是塊茶色的大玻璃，很有科幻的 cyberpunk 味道。看車，的確像看玩具；她因此認識了許多車的名字。

但也只是名字，平生第一次對跑車的見識，是在離開學校找到工作時，比她更年輕的一位朋友買了一輛亮麗的明黃蓮花跑車，路人都為之側目，她對這朋友很熟悉，並無驚異的反應，倒認為蠻有趣哦。這跑車像芒果，偌大的芒果在街上溜冰。不到一個星期，朋友非常仔細在車內萬般小心保險，高度嚴肅認真，「嘭」的一聲把那芒果猛撞向前方的厚牆，牆和車都掛了彩，名聲即時傳遍方圓數百米內外。

十五、小花

早上九點開始，小花就在窗台上曬太陽。牠總是躺臥在一堆雜誌上面，手腳折疊，尾巴向左右拍打，眼睛盯着樓下的汽車，或者停在冷氣機頂上的鴿子，然後發出嗚嗚哇哇的叫聲。窗前是一張寬闊的木頭桌子，陳二文盯着的卻是電腦熒屏上的布克獎年度得獎者的姓名。竟然是厚得要命的一冊講淘金和海盜的傳奇，名《發光體》。陳二文晃了晃腦袋，對小花說：難怪英國要另外設一個新的文學獎，以創新為參賽的準則，希望提升小說的水準。小花沒有喵喵叫回應，只傳來一片沙沙沙的摩擦聲。陳二文循聲一看，叫了起來：阿花你在做甚麼呀。這時的阿花，並非坐在窗台上，而是如同一幅動漫，手腳伸張，連同頭尾和肚腹，整個平貼在紗窗上。陳二文叫小花下來，可牠還是手腳移動向紗窗上層爬去。上個月吧，陳二文住的這一群大廈申請到樓宇大維修的工程，由政府協助大廈各單位的業主，合資把三四十年的樓房翻修，變成可以持續再居住好些日子，長者可得資助，暫時安居下來。早一年，土瓜灣不就塌了一座六層高的樓房？本來在家中看電視、做家務，豈不幸福，哪知轟隆一聲巨響，泥石沙磚門窗樓宇通通像餅乾碎一般從高空灑下，淪為小山丘，還堆到馬路上。樓宇法團的秘書和執事都說，如果不是因為馬頭圍道塌樓死了人，我們這個土瓜灣，以僭建天井、平台、天台著名的舊區，還不知道會不會很快變成茁長土瓜的港灣了。

在馬頭圍道和土瓜灣道，幾群樓房已經在維修了，房子的喉管都生了鏽，該換銅管，窗門要換掉鬆脫的扣鎖，梯間的通道和天花板像住滿了睡懶覺的白蝙蝠，外牆的石磚、紙皮石一一需要填補、髹漆，工程繼續了半年也只完成了一半。最先是搭竹棚，那是了不起的技藝，陳二文簡直看呆了。搭竹棚是七八個人一起合作的，橫木和直木構成井字形，斜木支撐轉角，師傅當然是主持大局者，眾人都聽他的號令。他大聲説話，地面上的徒弟輩大聲回應，竹子一根一根向上傳遞，才一會兒工夫，七八個人一齊站在同一水平的竹幹上，用膠帶把竹幹紮緊，用利刀把膠帶割斷。看得最興奮的原來是小花，如今牠站在窗台前，雙腿站直，雙手向上攀住紗網，從背後看，牠的形體像字母H，牠一直站在窗台上模仿，彷彿牠也是搭棚的一分子。

有沒有忘記過吃藥？護士替花阿眉量血壓時問。

沒有。

有沒有試過頭暈、冒汗、氣喘、呼吸困難？護士替花阿眉驗血糖指數時再問。

沒有。

有沒有做運動，一個星期至少三次，每次三十分鐘。

有啊。

做甚麼運動？

夏天逛街，冬天到公園耍劍、打太極。

如今是夏天，花阿眉的運動是步行和逛街。乘一程巴士，隨便到一個商場，在玩具店、雜物鋪、時尚走廊，其實看甚麼都無所謂，閒蕩一個下午，然後乘巴士回家，總共花四塊錢車費，長者優惠。

天陰最好，就在家附近看風景，看人來人往，看小店倒閉和開張。整個街區和早一年、十年、二十年完全不同了。樓下的茶樓不再向街坊開放，而是只接待旅行團，一天三次，潮水似的旅客被吸了進去又吐出來，吐出來的每次有一百多人，把整條街的大廈門口全堵塞住。花阿眉出外不得不從縫隙中鑽，請蹲在門口的大叔讓路，一群大漢圍着哆啦A夢那麼胖肥的垃圾桶吸煙，更多的大嬸在呼朋喚友，一隻隻手搖着泡了茶葉的水瓶。領隊的阿姐高撐一把傘，上面吊着個毛毛熊貓，大聲喊編號，行人道如同軍訓般排出隊伍，四人一排，列到街尾。許多人從附近五間裝潢華麗的巧克力店跑出來，從兩間看來對立的超市跑出來，從鐘錶店和門口大字標明政府驗證合格正藥的店鋪飛奔出來，被團友拉入隊伍。隊伍的前哨已經過了馬路，轉了彎去得遠了。那裏就是九龍城碼頭，有一艘遊輪泊在岸邊，旅行團的下一個節目是海上遊。

花阿眉看到陳二文看到的景象。她也回家來了，這條短短的街是她搬家時的選擇，因為街的兩旁各長了五棵樹。如今只剩下九棵，不知道是哪一輛貨車泊車時把其中一棵撞倒了，缺口一直留空，沒有人理會。貨車常常泊上行人路，因為街道兩邊各有一家大型超市對峙。過了很久，一棵新樹突然出現，花阿眉十分驚喜，可惜，樹也圈植在小水泥洞中。花阿眉常常挽一桶水澆樹，樹仍是長得營養不良似的，樹冠的枝葉又總是稍稍茂盛些就被漁農處的員工剪掉了。樹下，滿街都是紙屑、煙蒂。花阿眉從土瓜灣道回來，如果抬起頭，如果她的眼睛夠好，她過馬路後或者可以看見對面樓宇九樓上面有一隻小貓，兩手攀着紗窗，坦露花白的肚子，恰巧在看着她。

十六、發展史，從一隻豬開始

整整一天，陳二文在追蹤一隻豬。

關於這隻豬，牠的國籍、原居地，陳二文都不知道，但他相信，這豬來自外地，譬如說：英國、法國，或者西班牙、紐西蘭。因此，這豬不可能染上口蹄症。不過，陳二文要追蹤的並非口蹄症，一來，他不是醫生；二來，他不是衛生部門的檢疫員；還有三來，他更不是豬農。對口蹄症，他暫時還沒有研究的興趣。陳二文肯定，他所追蹤的豬，來自大陸，大概是廣東的鄉鎮，也許更近一點，來自深圳。牠和一群豬或者同一豬場同一鄉里都飼養得肥肥白白肚皮貼地，適合出欄了。

也許，陳二文追蹤的豬，根本就是本土豬。可是，可能性偏低。陳二文想到，新界哪裏還有空地供你闢一個豬欄？若有地皮，還不如發展地產。何況，近幾年，養豬業備受指控：臭味薰天，污染河水。政府要徵收排污費，虧本生意，又是厭惡性行業，誰還去養豬呢？奇怪，肥土鎮失業大軍日趨嚴重，連專業的白領也難保飯碗，政府高官都叫大家去養豬。新界養的豬不多，也只夠供應上水、元朗、屯門吧。

從大陸運來的豬，都由火車運送，貨卡穿過九龍車站附近的隧道出來，經過漆咸道的巴士，若是沒有空調，乘客立刻嗅到一股泥土的氣味，大伙兒就說豬啊豬啊，有半車人即時用紙巾掩住了口鼻。有時候，豬隻已從火車卸下，上了貨車，運了上路，那麼在巴士上的乘客，即使巴士上有空調，也看見貨車上的豬了，齒白唇紅、肥頭大耳、白白胖胖，誰也不否認牠們是一等一漂亮的動物。

豬都運到屠房去，譬如說，土瓜灣就有那麼的一座，就在十三街那邊。街是私家的，屠房卻是官家的，掛正了招牌，操宰殺的合法特權。屠牛得用子彈射進牛腦，屠豬簡單得多，當頭擊昏即可。牛、豬到了屠場，許多都竟知道自己最後的命運，掙扎的不計其數，有的牛還流下淚來。受特赦的似乎只有一頭而已，那牛後來得以在一所佛堂頤養天年，黃牛出家，也是異數。豬可不曾見過流淚的，因此都嗚呼哀哉了。

屠房一天屠牛數頭，屠豬數十，這本是一門不會虧本的生意，可意外的是，官家屠房竟然運轉不靈，要關門大吉了。原來這屠房每天日上三竿才屠得牲口出來，街市的肉檔早已買得豬殼，勤快地做了一筆早市的生意，遲來者向隅。肥土鎮的屠房並非只有官家那幾處，民間那些，有點像豆腐鋪，三更半夜已經起來工作。七點不到，豬殼已運至肉市場，主婦們紛紛挽了豬肉回家。接着，城中一片月，萬戶剁肉聲。

陳二文追蹤的豬並非會跑會走的活豬，而是鮮肉市場的豬殼。來自哪一個屠房、是豬公還是母豬、重多少斤，都不必計較，也不是追蹤一群，一隻就夠了。這豬，早上從一輛密封的貨車運到，車門打開，一名健碩的伙計把豬掛搭在肩背，揹到肉鋪內，朝右一側身，豬就倒在濕滑的白磁方磚地面了。陳二文目擊場面，馬上從尋找工作的名單裏刪去這一項，因為他自己也只有一百二十磅。以前，肉鋪一天會訂兩隻豬殼，如今經濟不景，只要了一隻。

運送豬殼的貨車可以通行無阻大剌剌地停在肉鋪的門口，是以前無法想像的景象。老街坊都記得，這一段的落山道，不管日出日落，永遠擠得水洩不通，因為這就是街市。行人道上的店鋪固然把半間鋪子的貨物推上街道，而車行道上則被無牌小販佔滿了。除了蔬菜水果，鮮魚雞鴨蛇蛙，還有賣毛巾衣襪、五金雜貨的攤子，加上粥麵店子，店外同時售賣腸粉糕餅等等食物，擠滿了人，哪裏還有空隙？

城市要講面子，市容不可凌亂，於是興建街市大樓，把街市趕進建築物裏去。那座十多層高的大樓，樓上有康體處、市立圖書館、醫務所，樓下三層就是街市：一層鮮魚肉，一層蔬菜兼家禽，地庫售乾貨。市民都乖乖地上街市大樓去了？大街上再也沒有肉店菜檔了？不是沒有。許多人就是不愛上街市大樓，就愛在大街上徘徊。各有各的理由：趕時間，就在街上買；一把年紀，上街市大樓要爬樓梯，又有電梯；天氣熱，冷氣不夠；地方窄，又要按一定的方向走，等等。於是，大街上仍有許多肉鋪菜檔，馬路上倒又能再擺賣了。

陳二文沒有上街市大樓去，他在大街上鎖定一個目標肉鋪進行追蹤，帶了紙和筆，還有照相機。他坐在肉鋪對面，隔一條馬路的店鋪內，有時在粥麵店，有時在小飯店，選擇面街的座位，觀察肉鋪的買賣。有時，他在肉鋪門外走動或停駐路旁，彷彿在等候十四座小巴或的士。是這時候，他感覺自己好像也成為了受追蹤的獵物，馬路對面一個同樣拎着照相機相當面善的女子在看着他，有好幾秒的時間兩個人竟同時舉着照相機對峙，但好快，運豬車到達了，陳二文馬上醒覺自己的專業，集中精神，在路旁垂手靜立，若無其事，伙計搬運豬殼時，和他擦身而過。他神不知鬼不覺地觸摸了一下豬耳朵。他的目標絕不是豬耳朵，而是豬尾巴。他看見了豬尾巴，沒有捲曲，是垂直的，晃晃盪盪的樣子。這是一頭仍然擁有尾巴的豬。他很滿意，成功地完成了所有追蹤的程序，他可以回家寫報告了。陳大文總覺得弟弟沒有正經做事，這些，不是轉眼就過去了嗎？二文苦笑，正因為一切轉眼就失去，不牢牢記住，怕來不及了。他的報告其中有這麼一句：我們土瓜灣的發展史，從一隻豬開始。

卷二

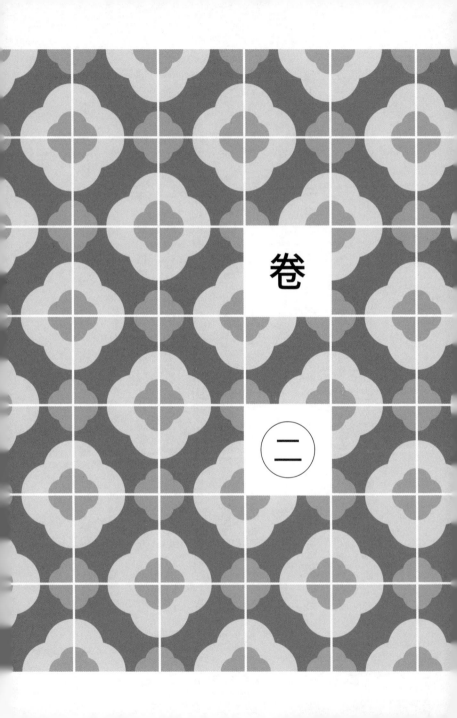

離島

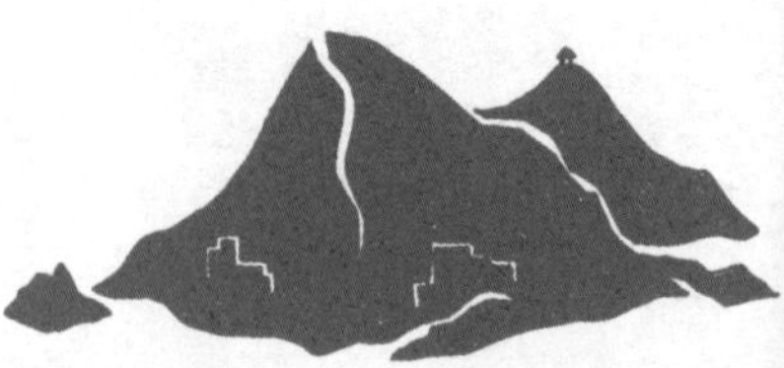

「你愛他嗎？」

「是的，母親。」

「你將和他一起生活嗎？」

「是的，母親。」

「你會留在那個島上嗎？」

那是一個寬闊的海島，到處是農村、田舍和沙灘；有小部分的居民出海捕魚，更多的人在屋前屋後曬晾海產；巷子裏終年積水，空氣中充滿鹽味。風暴侵襲的日子，浪濤會捲走林木，把艇隻拍打上岸，山澗汩汩泉湧，低窪處水患成河。但風暴並不經常降臨，島上總是陽光濃艷，尤其是夏天。

「太陽將會把你曬得很黑很黑。」

「你不覺得我越來越蒼白嗎？」

「他駕巴士嗎？」

「是的，母親。」

「島上的巴士嗎？」

「是的，母親。」

「你又去乘搭巴士了嗎？」

他牽着我的手，引領我踏進車廂，讓我坐在駕駛座位背後的椅子，那時候，車上一個乘客也沒有；我於是坐定，知道車內忽然變得滿座。我看着他從站長的涼亭走來，攀上駕駛的座位，發動馬達、旋扭軚盤，把車子駛入蜿蜒的小徑。沿途上我們不發一言，透過倒後鏡，他的眼睛寧靜地一直凝定在我的臉上，只有我一個人知道，車子隨時會墮下懸崖。

「他在島上居住嗎？」

「是的，母親。」

「一個人嗎？」

他獨自住在瀕海的村落，一座古舊農舍的樓上，房間狹小，只有一扇窗。站在碼頭上，可以遙見那座灰白的屋子，窗下懸吊着一把掃帚。

「那邊有博物館和畫廊嗎？」

「沒有，母親。」

「有音樂廳和劇院嗎？」

「沒有，母親。」

「沒有了它們，你能生存嗎？」

「難道你看不出我是這般疲乏嗎？」

「你是真的要遠離我們了。」

到島上來散散步吧，母親，我會到街渡的小巷，那邊有一個小小的攤檔，為你選擇一尾鮮活的魚，等你來；我會用當地釀製的蝦醬，為你烹調剛從田裏摘來柔嫩的菜蔬。

「他能講法語嗎？」

「不能，母親。」

「他讀《詩經》嗎？」

「不讀，母親。」

「你會快樂嗎？」

我不知道，母親。我只知道我會煮飯洗衣抹窗擦地板，我們會看海搖船游泳釣魚，看日出日落，我們會吵架，同樣會疲倦。或者，我們會有孩子，或者我們會耐心地把孩子一個一個扶育長大，相看彼此一點一點地老去。

一九六一年一月三日

二〇一六年修訂

一封信

當我帶着度假之後疲倦的身體歸來，她的來信已在我的信箱裏安靜地躺了三天。跳進我的眼睛是她顫抖的字跡。她永遠是這麼的感情衝動，而又不願意好像也不能加以控制。她對於童年的往事，顯然深刻難忘，一面表示父母對她忽略，卻又同時對他們感到深切悔疚。這些，過去是她反反覆覆的話題。但我只是聆聽者，知道這是外人難以判斷的家事。上月，當她從探訪舊居回來，精神就更為困惑，她彷彿重溫了那段已失落的日子。於是她忍不住寫了一封長達六張紙的信給我。信上細密的字體，記錄了她童年時生活的種種。

米素，童年時我是生活在一幢古老大屋裏，大屋的入口處，對着人來人往的大道，因為這個方便，近門口處，就用來做了小店子，專賣一些零星的東西。樓上每一層都分住着好幾個家庭。我們就住在一樓的後半段，就近廚房，一個房子屬於二舅父的，他單身一人；第二個是父母的，再闢出一個小間隔給我和哥哥。連貫這三間小房的走廊，直直的通到我們的客廳。我們的客廳不大，一張圓形的木桌放在中央，伴着四張酸枝凳，客廳的左面有一個很高的大衣櫃，這個衣櫃在我們孩子看來就更像夾萬了。這個像夾萬的衣櫃，裏面裝的究竟是甚麼，是一個謎。客廳的右面放了一排木椅子，牆上掛着兩幅遺照，是外公外婆。我從沒見過他們，但看他們嚴肅中帶着溫柔的微笑，想生前是慈祥和氣的。

廚房不遠處，有一座用木搭成的樓梯，不高不低的直通到天台。我們的天台也是用木蓋成的，其實像千萬無數的舊樓宇，是僭建，有點險要，是孩子們嚴禁出入的地方。這天台曾用作教室，後來棄置了，卻堆滿了人家的雜物，舊衣車、雪櫃、雜物。還有糾纏不清的天線。二舅父在天台上，闢出一角，種了多盆的風雨花，粉紅色的花身，花蕊顯得很高，沾滿黃色的花粉。每逢風雨，花就開得特別燦爛。下雨之後，我往往隨着哥哥偷偷的爬上天台去看。那骯髒、濕滑的木樓梯，行走時要特別小心，甚至連木的扶手也是濕淋淋的。

走上天台，我們就進入了另一個天地，儘管堆滿雜物，空氣仍然清新多了。從天台往下望去，後街的小巷，打鐵鋪、理髮店、金魚店、零食店、茶餐室等，都一一陳列着。在這裏也可以看到我們這座屋的二樓和三樓，它們都是用紅色的磚頭，以及木材砌成，破舊的屋身，裏面居住的是甚麼人家，無從知曉了。

只有我哥哥才會帶我上這天台來，哥哥大我六七歲。哥哥也教我放風箏、釣魚、踏單車，而我一樣也沒有學好。他也帶我到傍海的船廠玩耍，那些經歷了千種風險的漁船，一直佔據我整個心懷，那棕色夾雜着青苔的船身，那種海藻的味道是我最歡喜的。船廠的地方滿是泥濘，一枚一枚大木條散亂一地，這些潮濕的木條，聽說是用來造船的。船都非常高，哥哥常常爬上船頂向我招手，然後就由船頂縱身跳下來，他的膽子真大得不得了，我可一次也沒有試過。這船廠也是雀鳥的聚集地。每次，就是為了捕捉這些小雀鳥，我和哥哥都跌得滿身泥濘，回到家中，就受到母親的責備。

船廠的周圍，也居住了很多戶漁家。有幾間小屋建在水面上，用竹和木搭成，窗子大多釘上鐵片，漁夫們就依靠幾根深入水底的竹子支撐，建造起自己的家園。

由於母親認為船廠對女孩子不安全，我到船廠的次數不多。我只上午班，二年級，漸漸地，我也習慣在下午的時候留在家中，而且，我也覺察到家裏有很多有趣的東西。我們一家居住的地方，有一座木樓梯，踏上去，會發出輕微支呀支呀的聲響。近中央的頂上，有一條橫木向外伸展，橫貫兩邊的牆壁，它位於很高處，每次，我都得跳高才能攀到，攀到之後，我就攀着它打鞦韆。米素，這個就是家中唯一令我感到刺激好玩的地方，我常常玩得樂不可支。母親也曾禁止我做這個她認為是危險的玩意。然而，我還是經常悄悄地走到木樓梯去。

有時，我也會拿起一張白紙，用七彩的顏色筆胡亂地塗鴉。或者用粉筆，在地上、牆壁上快快樂樂的繪起畫來。當時我所畫的究竟是甚麼，我也不大記得了。也許是一些男孩子、女孩子和小動物的肖像吧。

大舅父偶然也會帶同孩子來訪，表弟妹都樂於和我們一起玩耍，我哥哥大概富有模仿才能，會學大人的說話和動作，捲起一條紙張，作狀抽煙。每次，都逗得我們嘻哈大笑。

平淡的日子徐徐的過去，我年長了幾年，開始發現我們大屋的廚房，有一個大大的窗，剛好是對着海傍。每日，穿過這方形的木框，我看到海邊的一切，飛翔的海鷗，五顏六色拖着長尾巴的風箏，滿是旗竿的漁船，破爛的木屋，赤腳的小孩子們，玩着捉麻雀的遊戲。

窗的最遠處，是連綿無盡的山。黃昏的時候，我坐在廚房的石階上，好涼爽的石階，看着太陽下山，看着黑暗慢慢地佔有這個世界。

每當風雨之夜，哥哥就會領我到這個窗前，遙指遠方說：「看，前面那座山，每逢大風大雨，就可以看到一個老婆婆，滿頭白髮，站在黑暗中，吃力的推着石磨，不停的磨着米。而我呢，」他停頓了一陣，「我會走着走着，走到山後的另一邊。」說完，他就很詭秘的走開了，只留下我在窗前，很留心的注視着。然而，這位老婆婆，始終也沒有出現。

晚飯對於這古屋的幾家人都是很隆重的事，廚房是這一層樓共用的，每晚六時之後，就忙得不可開交。幾個女人擠在一起，各自為家庭做活，相處倒也很融洽，柴米油鹽，可以互通有無。

因年代久遠，廚房四面的牆壁都沾滿了油煙，一層一層不同深淺的黑灰，一些流下的水痕，斑斑落落的佈滿這個廚房，那是一幢舊樓傷痕的記憶。入黑之後，從四方八面走來的甲由，棕色帶着油光，悄悄的爬到牆上，啜吸着上面的液汁。這些駭人的景象，一到入黑，我就不敢再進廚房半步。

客廳對出是一個小小的露台，四周都放着一些不知名的盆栽，也許也是舅父的主意吧，站在露台上，可以看到街上的一切。偶然，街上會傳來一陣陣的喇叭、鑼鼓的聲音，要是我們和表弟表妹在大廳裏正在玩耍，便會一窩蜂的湧到露台去，爭看那些穿白戴藍的人們，那麼一個出殯的儀式，我們看來就更像是在辦一件大喜事。我們大聲地談論儀仗隊夠不夠輝煌，或者大聲喝彩，像看戲。後面跟隊揉着眼睛的男女，不就是在演戲麼？這時候母親會用嚴厲的眼色瞪着我們，把我們驅回客廳去。我們於是繼續未完的遊戲，玩鬥獸棋，或者抓豆袋。每次玩甚麼，總是由哥哥發號施令。在客廳與走廊的中間，另有一條小小的木樓梯，是通到我婆婆居住的小閣。因婆婆長年積病，小閣裏總沾有一股濃郁的草藥和熟煙味，走進去，使人感染一絲鬱悶的氣息；有時，又會有一陣不知從哪裏吹來的冷風。再然後，有一晚，我竟然看到紅紅的火光，彷彿有重量的濃煙。

在這綠色小閣的天花板上，有一個很大的天窗，一條長長的麻繩吊下來，聽說是用作開關的用途，在我還沒有長得高到可以拉扯這繩子，我已經離開這座大樓了。在平時，這個天窗是關閉的，只是有一次，偶然的機會，我隨着母親去探望婆婆，她們閒談，我則睡在小閣的地板上。無聊的抬頭張望，赫然看到一塊四方的，黑沉沉滿掛星星的天空，高高的貼在天花板上。天花板上的天空突然轉變，閃爍的黑色，變成火焰，我大感迷惑，不能分辨真假、幻覺或現實。米素，那次就是我第一次感受到大自然既神秘，又可怕。那年，我剛好是六歲。

這時，我最小的妹妹才剛出世不久，母親又要做永遠做不完的家務，還要剪裁膠花，幫補家用，就沒有時間照顧我們了。父親也是早出晚歸，辛苦地做着兩班不同的工作。當年，哪一個家庭不是這樣呢？然而，我在那個年紀，卻正是極度需要父母的愛護和關懷。為了引起母親的注意，我日夜寸步不離的糾纏着她，時而牽扯着她的衣服，向她要這要那。米素，那時我們沒有諒解我們的父母。真的沒有，我這種自私的舉動令她更感到吃力，並且煩厭吧，她每一次都打發我，要我跟哥哥去玩。哥哥肯定跟我有同樣的感受，也許更強烈吧，他經常逃學，還不知從哪裏學會，在天台上偷偷抽起煙來，並且燃燒舊書本舊報紙，當火焰上升，像煙花，我也莫名其妙地感覺興奮，還幫手點燃。

在那段時間內，我常常不停地做着相同的惡夢。我夢到母親和我，在一個暗黑的晚上，在荒郊的公路上走着，四周沒有一點燈光，只有幾顆寥落的星星，忽明忽暗的閃耀着。我們沉默的走了一段路，不久便到達了巴士站，站旁剛好有一張長長的木凳，我和母親坐下。四周都是濃霧。終於，巴士來了。在這邊唯一有燈光的汽車上，走下一個瘦弱的婦人，從母親的手上接過我，母親就自行上車，巴士在霧裏開走了。隱約可見到她憂鬱的揮手。米素，你知道嗎？每次從夢中醒來，我就忍不住飲泣，輾轉無眠，第二天，就帶着一雙哭腫的眼睛。

又是那麼一個黑暗的晚上，總是那廣大鬱黑的夜空下，我無目的地走着，那是一條崎嶇泥濘的路。我腳步一踏一踏的印在泥地上，我不知道要找尋的是甚麼，也不知道會遇到的是甚麼，我只是拚命的向前走着，路在我前面敞開，沒有盡頭；孤獨地，慢慢地，在黑暗中，然後我醒來，一身是汗。這個可怕的夢一直威脅着我。是的，米素，每當我情緒低落，恐懼、不安時，惡夢就會出現。

我又常常夢到自己從大屋的木樓梯跌下來。我站在樓梯頂上，而另一個我就站在樓梯下等待着，我抬頭看着自己，心裏説：下來吧，下來。於是，我看到自己從梯上跌下。我看到自己恐懼和驚慌的神態，張開而不能發聲的喉嚨，那瞪大求救的眼睛，然而，樓梯下的我卻只是木然地站着，沒有對自己加以援手，只是旁觀。下面忽然打開一張大網。

米素，各種奇形怪狀的夢，使我迷失。那裏有猛獸，黑暗，發光的眼睛，長滿尖牙的牆壁；大大的數目字，不停的向我壓下來，無數的手向我伸來，又將我拋高，煙濃得像猛獸，要把人吞噬，我不斷地嗆咳……當我和哥哥不得不跟隨舅父離開那成為灰燼的大屋，這些夢魘，開始斷斷續續地作祟。

然後，停止了好一段歲月，直到我成為教師，嘗試做一個好老師，教好我的學生。有一次，我路過舊居，禁不住流連張望，當面對那已經重建的樓宇，夢魘又再出現了。總是發生在漆黑的天空下，來得很突然。一列古舊幽深的大屋，每間屋，每道殘舊的木門，在門旁微光的路燈，每個屋頂都掛搭着木片，重重疊疊。在每家門的左側都放了一張陳舊的藤椅，每張藤椅之上都坐着一個老婆婆，瘦削，灰白的頭髮，蒼涼的面孔，戴着眼鏡，披上黑色的圍巾，在不停的打着毛冷球。米素，這些惡夢，就像咒語，傷害着我。在那段時間，我極度的傷痛。婆婆和父母親，就在那一場煙火裏，離開了。

我也沒有再見我的哥哥，他十六七歲就出外工作，然後行船，輾轉到了外國。我們再沒有聯絡。也許他也發着同樣的惡夢。這夢就成為我們的聯繫吧，但願他也同樣醒來。現在，當我把這些寫下來，一切就好像平息了，一切就好像好起來。是永久還是暫時消失？我不知道。過去已不能挽回，將來，誰又能保證呢？我只希望還能老老實實的去生活，勇敢地，重新體驗，重新學習。

一九七四年六月二十日

二〇一六年修訂

我從火車上下來

穿着沒有鈕扣沒有拉鍊的布衫的那些少年，好像一袋一袋的米一般，碰碰地步落到月台上去了。然後是手裏握着一大把狗尾草的女孩，也從火車上小心翼翼拾級下去了。然後是手裏握着香枝的母親以及手握着風車的小孩。還有一些年輕人，揹着背囊，露出燒烤叉子的長柄，好像古代戰場上的大將。

他們都從火車上下去了。在這節火車卡裏，我是走在最後的一個人，並不是因為我剛才一連喝了兩瓶汽水的緣故。我幾乎花了二十分鐘，才從火車上下來。剛才我一直在火車上打開了腦袋朝裏面找尋，從爛泥水一直聯想到天空的雲朵上面去。我所做的另外一件事，就是計劃着要立刻去找那群老朋友出來一起大叫大嚷一頓。

火車緩緩停下來的時候，我正想及和大伙兒坐在一起喝着咖啡。當我突然站立，我才發現我手上拿着的一個紙袋破了，袋裏的木魚都跌落地上，滾到各個方向的椅子底下去。車廂裏的人正擠，我只好站着，等他們漸漸散去。它們一共是八個木魚，很好的木魚，純粹的白木頭，一點油漆也沒有；每個木魚的身上刻着兩條魚，魚都有眼睛和嘴巴，身上有一片一片的鱗，尾巴卻是沒有。木魚上的刀痕很明朗，這是我喜歡的。這八個木魚，最小的一個是一個胡桃那般大，最大的一個，有點像一塊肥皂。

今天早上，我很早就跑到街上去了。街道都是我不熟悉的，也不曉得它們叫甚麼名字。這是一個我全然陌生的城市。我住的那幢房子，面對着一座公園的尾巴，我朝公園繞了老半天還沒有找到門口，於是自顧自橫過馬路，走到對面去看熱鬧。對面的一列牆正在舉行書法展覽，我瞧了一陣。

平日，這個時刻是我的早餐時刻。如果是在家裏，我一定是坐在豆漿的攤子上了，我會吃兩個甜燒餅，來一大碗豆漿，當然，這是星期日的事。因為我不熟悉這個城市，所以我沒有找到豆漿。除了豆漿，我有時會跑進快餐店去吃熱狗，喝阿華田。又因為我在這個城市裏並不認得路，所以，我也沒有找到快餐店。

在轉彎的角落上，我遇見一間門口擺着麵粉餅的店鋪，來買餅的人都提着飯格子，並且排起一列長長的隊伍。麵粉餅是我喜歡的，但是看見那麼多的人排隊，就不好意思搶先了，而且排隊是我最害怕的事。肚子餓的時候我會想起許多食物，比如三文治，比如漢堡包，還有，雞腿。我自然同時想起汽水、雪糕梳打和雜果賓治。

他們說的，如果到了車站，口袋裏的錢都要拿出來換糖。糖是我不怎麼喜歡的。我的口袋裏還有十五塊錢，在我離開這個城市之前，我必須把這十五塊錢拿去花掉，我於是去找甚麼有趣的物事了。我沒有找到我想看一陣的故事書，也沒有看見我喜歡的飛機模型、砌圖遊戲等等。難道說，我要去買一把描花鏤空的檀香扇子？阿耳一定要笑到耳朵都綠了吧。我當然也不會去買一塊看來莫名其妙的石頭。

阿忍會說，你可以寫石頭記續篇了。我在一間百貨商店裏打了三個轉，有人圍着我看我的牛仔褲。因為我的牛仔褲腳管上有流蘇。我繼續亂闖了一陣，看見有一堆木魚，我買了木魚。

我把木魚從椅子底下撿回來時有兩次撞痛了頭。火車廂裏已經一個人也沒有了。我看見我的白木頭木魚有大半變了黑木頭木魚，有一隻木魚竟變了濕木魚了。我一時找不到地方來放我的木魚，就把它們一齊塞進了一隻砂鍋裏。

我並沒有旅行袋。我本來是帶着一個有四條拉鍊的旅行袋出來旅行的，旅行袋裏有我的牙刷、牙膏、洗頭水、白花油、治肚子瀉的藥、T恤、若干內衣、後備的鞋、電筒、雨衣，還有羊毛外套。這些東西，有些是我依照平日露營的心得自己選擇的，有的則是我母親的意思，如果不照辦，她又要哭了。不過，現在，我的旅行袋沒有了，我的牙膏牙刷治肚子瀉的藥都沒有了，昨天晚上，在我投宿的房子樓下，我把這一切都給了來找我、其實是我去把他找來的阿田。

我並不認識阿田，他是我母親朋友的親戚的兄弟。當我挽着我的有四條拉鍊的旅行袋，顯得好像可以即時打昏一頭老虎的姿態，踏步出門口時，母親遞給我一個膠袋，裏邊又有餅乾，又有蛋卷，還有一綑烏墨墨顏色、石像一般重的布，並且給了我一個地址和電話號碼，要我到了那個地方，順便去找。我照做了，我打了電話，經過傳達再傳達，傳來了一個穿着一雙膠拖鞋的阿田。

阿田和我一般，也是黑頭髮黑眼睛，也和一個四格子的櫥差不多高。不過，別的地方，就不一樣了，比如說，他的頭髮比我短，穿的褲子也比我短。又比如，阿田喜歡吃飯，我喜歡吃大蝦沙律，還有，阿田會種田，我是連塘蒿和野草也分不清的。

我把膠袋給了阿田的第二天，阿田也給回我兩個膠袋，一個膠袋裏邊是三斤荔枝，另外的膠袋裏是四個菠蘿。看見那四個菠蘿，我彷彿站在學校的球場上，連吃了四個球餅。阿田要我無論如何把它們帶回家。沒有甚麼可以給你帶回去的了，他說，只有這些粗東西。他的態度是那麼的誠懇，我看着看着就點了頭。

阿田請我到他家裏去坐。我去了。我在這個城市裏並不認識路，我希望他可以帶我去喝豆漿。後來我其實也沒喝到豆漿。買木魚的早上，我結果找到了五花茶，我喝了三碗五花茶。阿田帶我去看過長頸鹿，又帶我去看黑熊。是因為在他的家裏，我把我後備的鞋、羊毛外套、T恤、雨衣、電筒，都給了他。我還把足上的鞋換了他的膠拖鞋。如果我能夠，我願意把腕上的錶同樣留下來。

在我把足上的鞋和阿田換了膠拖鞋的第二天早上，阿田又帶給了我兩個線袋，一個袋裏是菜乾和髮菜，另外的一個袋裏，則是一隻大號的砂鍋。當時，砂鍋裏還有一尾游泳的魚。看着魚的時候，我忽然看見水裏反映着阿田的臉，那是一張誠懇、帶點怯意、充滿溫暖的臉，因為這臉的緣故，我又點了頭。在那個時刻，如果阿田要我抬一扇門板回家，我立刻就會去抬。我告訴阿田，我必會好好地把這一切帶回家。但魚是活的，他即答應收回了。

步上火車的時候，穿着沒有鈕扣沒有拉鍊的布衫的少年，好像一袋一袋米似的，碰碰地跳着，看見我就哈哈地笑了起來。這麼笨的傢伙呵。他們笑。正是這個緣故，我在火車上不久即打開了腦袋朝裏面尋覓。我豈不和他們同樣年輕，我豈不懂得兩手空空飄然上落最寫意。

當我從火車上下來。我的模樣好像一頭刺蝟。我的腳步又蹣跚。因為，我並不習慣穿了膠拖鞋在戶外走路，而且，走了那麼多的路。當我從火車上下來，車廂裏已經沒有一個人。有兩次，我根本不能夠穿過狹窄的甬道的門，我覺得我像極了一竿橫放着的衣裳竹。我於是把行李調整了一下，這邊的肩上揹着菠蘿，那邊的肩上揹着髮菜和菜乾、荔枝，還有我的攝影機。那些蓬髮的植物，使我移動起來如一座樹林。而我的雙手，剛抱着一個大號的砂鍋，裏面有八個木魚，骨碌骨碌地在響。是這樣子的，我從火車上下來。

一九七六年三月五日

泳

塗上紅藥水之後，這穿着藍色泳褲的少年坐在一張木椅上休息。

「覺得怎樣？」我問。

「不礙事的。」他答，用手輕輕拂下膝上的沙粒，傷勢並不嚴重。不過是大腳趾上被削尖的貝殼片割裂了一道縫。如今血已經止了，但他並不能夠立刻回到他們那邊去。

他們一起圍着他。在沙灘上。他站在他們中間，他的個子並不高，但他有一種像一座挺拔的山一般的威嚴，使他們敬畏。他們問他各種有關游泳的問題，他詳細地指導他們應該怎麼去實踐。

「手指應該這樣合在一起，就像一枚槳那樣。」他說。他們紛紛挪出掌來，把手指合攏了，並且在陽光中檢看有沒有光可以透過。

「頭不要仰得太高，那樣會吃力的，而且會阻礙滑行的速度。」他說，一面擺平了雙臂，俯仰他的頭，緩緩地示範給他們看。

有一頭鬈髮的少年現在才匆匆從堤岸上跑下來，手裏抱着一堆衣服和一個帆布袋。經過我們身邊的時候，他看見一隻擱在摺椅上塗着紅藥水的傷足。

「怎麼竟是你，傷得怎樣？」他問。

「沒事的。不必理我，快去游泳吧。」傷足的少年揮手趕他走，並且叫他把衣服和帆布袋留下讓我們看管。於是他朝海那邊跑去。但他跑了幾步就折回來。把手上的錶摘下遞給我們。傷足的少年接過了，把它套在自己的腕上。「你知道嗎？我們的游泳教練，我從來沒有見過他戴手錶，但也從來沒有見過他遲到。」他一面戴錶一面說。鬈髮的少年走到教練的面前，他正站在淺水裏，指導一名少年安放雙臂的位置，告訴他應該注意手掌的斜度，怎樣把水有力地壓向兩邊。

「以後不要遲到。」他對鬈髮的少年說。少年彎下腰，用手揚起海水潑濺在自己的胸前和肩臂上，然後一步一步沒入水去。

他們一起站在淺水中，把身體的大部分，包括了頸項、軀幹和四肢，浸在水裏，露出一個個熟果子一般的頭浮在水面。他們在練習呼和吸；把手放在眼睛前面平伸出去，迅速分開，將水划後，同時略微仰起臉，深深地吸一口氣，再把頭埋入水面下。

沙灘的那一邊，有幾個小孩抱着水泡浮在水面上。遠一些，有一個人，藉着一塊膠板的浮力，沿着海岸，在用腳踢水，激起一片浪花。遇見他那次，我正抱着一塊那樣的白色的浮板，我還挽着其他游泳的用具，而他卻空着雙手。他和我一起游出海去。我抱着我的塑膠浮板，他則徒手游。一直游曳在我的左右。他真像一條魚，在水中微微一晃，就游過去很遠了。

「可以試試不要依靠浮板嗎？」他說。

第二天，我把我的浮板抛在沙灘上，跟他一起游到了浮台，我很高興，原來我可以做到了。

他們都從水中出來，走上沙灘。少年們依然圍着他，告訴他游泳的感覺，並且問他那些他們永遠也問不完的問題。

「學自由式游得快呢，還是學蛙式游得快？」

「如果游得好，都可以快。如果游得差，不管甚麼式，都慢。」

他走過來，看看這穿着藍色泳褲的少年的傷足。塗過紅藥水的地方，現出一片金黃。裂縫並不深。

「阿聰今天並沒有來，是嗎？」他問他。

「阿聰參加拯溺班去了。」傷足的少年回答。

他把眼睛投向海的遠處。在近岸的海面，他看見有人站在浮台上。再遠一點，是橙色膠球圍成的一條封鎖線。他曾帶阿聰游到封鎖線一次。回到沙灘上的時候，阿聰快樂得像一隻在石下縱橫亂跑的螃蟹。

「我到過封鎖線去了，我已經會游泳了。」阿聰叫。

他看得很遠。在封鎖線外，是一片廣闊的海。有一些山，浮在海面上。他一直看過去，直看到海在甚麼地方終結。

他把傷足少年的傷口再視察一遍，然後抬頭看另一邊飲品部的時鐘，揮手叫各人再到水裏去練習。

「如果能夠游得像他那樣就好了。」傷足的少年在座椅上變換了一個姿態，對我說。

「他的確是個傑出的泳手，」我說，「他年輕時本來可以出席奧運會。」

「為甚麼沒有？」

「因為遴選時受了傷。」

「嗯，所以，我是羨慕你的。」

「怎麼了？」

「不是嗎，他是你的朋友，他一定把游泳的技術都教給你了。蛙式、蝶式、自由式、背泳，還有其他，你一定都會。」

「不不，我並不會蝶式、自由式，也不會背泳。」

「他並沒有教你怎樣游泳嗎？」他問。

「沒有，他並沒有教我怎樣游泳。」我答。

一九七六年五月二十四日

划艇

我看見一條蜿蜒的河道，近岸的碼頭前泊着纍纍的艇隻。有一群人提托槳枝跨下艇去了。

「先沿這條小徑過去看看瀑布。午飯後，喜歡划艇的可以划艇，喜歡游泳的可以游泳。」

岸邊停泊的都是平底木艇，艇身相當寬敞，和我以前划過的小艇並不相同；艇的中段兩側沒有裝置擱槳的鋼架，這麼一來，我肯定不能夠運用雙飛的槳式，連一手一槳的螺旋式也施展不出來。我得像此刻河上的艇中人，雙手握槳，一下一下地深划。

「下了幾天雨，山上的儲水較多，瀑布的水量驟增了，得撐把傘才能走到對面去，不然的話，就會打濕身子，你們看，瀑揚如雨。」

這條河不知道有多長，看樣子彷彿無窮無盡；剛才乘車前來，沿途看見一野飄飄蕩蕩發光的緞帶，兩岸濃濃綠，一座又一座草橋皆奔往背後去了。

「我們在這兒停留二十分鐘，大家可以隨意觀賞，拍拍照，堤的那端，瀑布比較宏偉，山腳下尚有一幅石碑，上面刻有飛泉的字樣。」

泉自山巔垂掛下來，一如梭織機上的銀錦忽然漫沒河心，緩慢浮近的一艘木艇劃了一個弧，挨靠對岸的山腳，踏着細浪的碎步，千足蟲般索索爬過。

「領隊，有一樁事，必須提出來與你商討。」

領隊在掌舵。坐在艇內的一共有七個人，大半人的手中均拳握單槳，他們採用的划撥方法，屬於我見過的龍舟力技，他們操縱的槳，是普通小艇的平板槳，與獨木舟的雙頭鴛鴦不一樣。

「請你替我設法調換，我實在不能再繼續和那位姓鄧的同一個房間，他一直在室內連鎖般抽那類手捲的生切，煙味極濃，害得我整夜嗆咳。」

這種艇可載許多人，那處最大的一艘，前端製作為一頭天鵝，至少可容納十二人，這艇軀體較龍舟稍短，但比龍舟寬闊，艇內也設鼓。

「領隊，我也要調換。我的同房走路時隨地吐痰。」

「我也要，我和瑪莉最談得來，把她調來，不然我調過去。」

我從來沒有登臨過類似的艇，我自忖沒有能力划動這擺渡，或者我可以試試，手握槳柄，在艇的兩側分別划撥，控制艇隻的原理不外是如何調度槳枝讓艇身在水面上輕易地滑航。

「是這樣嗎？可以想想辦法，配合一下。」

我只划過三個人乘的小艇，划者坐在艇的中間，背對艇的尖首，必須不時轉過頭朝肩後觀看才能把握行進的方向。或者將來的小艇應該裝置倒後鏡。

「領隊，讓我們自行分配不好嗎？」

「最好最好，一個房間總得要兩個人分佔……」

吃過午飯，我何不去划艇。不知道可還有甚麼人也喜歡划艇。似乎沒有人提議。他們都準備去游泳嗎？

「不要把我調過去，我受不了。這人把浴室弄得像池塘，我即使踩起屠夫的木屐也插足不進。」

我沒有選擇的餘地，我原也可以去游泳，但我沒有帶備泳衣。我還是待會兒下去划艇。如果沒有人加入，我應該獨自嘗試。河水絕不湍急，即使撈翻了艇，我有能力泅泳回岸，不過是一條狹窄的河道。

「把你調過去怎麼樣，蓁蓁？」

我可以拒絕嗎？領隊是我舅父，因為團隊裏有一個單數的出缺，他讓我免費參加，他知道我是學校裏划艇的代表。

划這樣的艇，就和獨木舟一般。但獨木舟有比較特殊的槳枝，兩端都可以撥水。怎麼艇尾還有一個舵，必須有人在艇尾把舵嗎？

「領隊說，從今天晚上起，把我和你編在同一號房間，是嗎？我姓鄧。」

一個人能夠划動這樣的一艘艇嗎？如果由我自己單獨把持，雙手握槳，哪裏還有空出來的手把舵？划艇的座位設在艇的中心，但舵卻設在艇尾。

「你的傷風好了嗎？早幾天看見你一直穿上毛衣。你不應該吃生冷的東西，我想你應該多吃水果。我帶了很多橙來旅行，都在行李箱裏，今天晚上回去，我請你吃橙。」

沒有人提起午後游泳的事，因為沒有一個人帶備泳衣；但也沒有人建議划艇，眾人的決議是浸浴溫泉。

「如果身體虛弱，我認為應該多吃雞。你知道嗎，我是養雞的，住在上水，養了很多雞，大約有四千隻。你看我穿得還像樣嗎？我這般打扮是最整齊的了，在雞欄裏，我的衣衫很破爛，滿身都是泥。」

這裏的溫泉大約是攝氏三十八度。

「我每三、四個月要把一批雞蛋拿去孵小雞，一千個雞蛋大約能孵八百個小雞回來。雞都關在籠子裏，不准到處散步，要很小心看護，得給牠們種痘、打針；痘都種在翅膀裏，針都打在腦袋裏。有的雞要閹才長得肥，肥了就賣掉，一個雞大約可賺十塊錢。天氣熱的時候，雞欄裏很熱，真的熱到飛起，總會熱死一些雞哪。」

他一直沒有抽煙，看來也不似那種抽手捲煙絲的法國人。

「他們說溫泉可以促進血液循環、治療皮膚病，但並不是每個地方都有溫泉。在我的養雞場後面，有一條河。啊，你敢坐小艇嗎？我會划艇，就像這種艇，我划得多了。吃過飯，我們去坐艇好不好，就我和你兩個坐一隻，我划你，你一動都不用動，坐着好了，一點也不用害怕，艇很平穩的，一定不會翻側，我保證把你划得好好的，怎麼樣？」

一九八〇年九月五日

風扇

她依然一句話也不和我說，躺在床上，捧着一冊外語的小說自顧自閱讀，全部頭肩溶在一圈金黃的燈下，我看不見她的臉。我把洗滌清爽的衣物用衣架掛好，提出露台吹晾，這個山城的霧濃，明晨也許不能乾，但也只能這樣了。

關上露台的長窗，回到自己的床前，解下腕錶，壓在枕頭底下；枕邊是我的一個小旅行背袋，我再次把它打開，匆匆翻檢，數齊我該隨身不捨的幾類證件及錢幣，然後把拉鍊復原，仍將背袋安放在枕邊，隨手牽過薄薄的毛巾被，覆蓋在自己身上。

她為甚麼一直不和我説話？和她同一個房間相處已經十多天了，彼此交換的對話卻連十句也不到，我從沒想過會在旅途中碰上這樣的房伴，在她的眼中，我大概是個透明的物體，或者，我只是房間裏的一件家具、一把椅子。我甚至連她叫甚麼名字也不清楚，只聽見她的父母喚她阿靜，而她的父母，大家稱他們為李先生、李太太。因此，我只能稱她為李小姐。有時候，李太太會過來敲門，催促女兒起床，我就說：李小姐，你母親來了。她並不答話，只從床上半坐起來，木着臉，直等母親移步到床前。

我必須留意時間，留意甚麼時候早餐，甚麼時候出發，因為我的房伴不會對我作任何提點，她不會告訴我：該去吃早餐了；還有五分鐘車子要起程了。甚至那次，我因為感染風寒，沒有參加當日的晚會，因此並不曉得第二日的活動程序，我的房伴回來後竟一字不提。到了第二天，別人都已用畢早點，等待出發，我仍沒有醒轉。在我病中，我的房伴也不對我表示即使禮貌上的致意，她連正眼也不瞧我一眼，真的，她是把我當作房間裏的一把椅子了，我是不能依靠別人在早上把我喚醒的，我必須自己保持警醒。

探手到枕頭底下把腕錶挪出來，在昏暗中隱隱看見指針是兩點半，把錶移近耳邊，錶沒有停。我轉身側臥，看見我的房伴已經睡熟，手中的書本擱放在床前的小几上，那是一本諾貝爾得獎者的小說，是英文本。我第一天和她同房，瞥見她翻閱書本，內心充滿喜悅，自以為這次可以結識一位喜愛閱讀可以暢談的朋友，沒想到我一開口就碰了釘子，我只簡約地問：是甚麼書，好看嗎？她的話語恍若冰川，自書本的另一面逼來：還好，是個猶太作家。再也沒有聲音。

她現在睡熟了。我可以看見她的臉，她閉着眼睛。此刻我看見她的眼睛，她看不見我。不過，即使在白天，當她睜着眼睛，我看見她，她仍是看我不見的。她有一雙橄欖果般的小眼，給我的印象本來只是曚矓而遙遠。我想她的年紀不會很輕，因為在她雙眼兩邊均出現了魚尾紋，或者她依然年輕，不過由於皮脂天生乾性，才令她顯得有點蒼老。我第一次看見她，她架着一副玳瑁顏色圓框闊邊的眼鏡，翌日，她忽然不戴眼鏡了，又因為更換了衣衫，使我幾乎認錯人，誤以為錯闖了房間。我認為她戴上眼鏡時模樣端淑嫻雅，但她大概不喜悅眼鏡，自信有清澈明澄的眸子。

我並不與這位李小姐同桌進食，這使我獲得喘息。和她共處，我總感到背後隱隱有股奇殊的氣旋，意欲把我捲沒，而我一向怕冷。因此，我在飯桌前保持了我原來開懷的心境，和我同桌用膳的皆是些性情舒泰心靈清平的人物，我等相處融洽，每日三餐笑話豐溢，他們各自有說不盡的故事和經歷，在我聽來都新鮮。在我病倒的日子，他們完全禁止我觸碰辛辣的食物，並且把水果在我面前砌疊成牆，他們每日一再向我發問：吃了藥可好？又堅持我必須披上外衣。

李在別的一桌用飯，我不知道她是否也不與任何人交談，對於她的一切，我一無所知，只從眾人輾轉的口述中獲悉一點端倪。有時候，李太太和其他上了年紀的婦人落了後，坐在石凳上閒聊，就會心滿意足地透露，她的女兒是高等學府的畢業生，是有教養的知識分子，目前在一間名校擔任吃重的英語教職。憩息於涼亭的婦人們聆聽李太太娓娓陳述，準備其後再加以轉述之際，我們已經可以聽見被描述的女子灑麗清脆的嗓音，猶如一朵朵的風媒花：來，長短鏡，我想拍這些垛城；來，長短鏡，給我攝這道護城河。

葉是我們這群人中的攝影手，無時無刻不背負重甸甸的攝影箱，我們總是看見他亮出不同類型的攝影機、長長短短的圓鏡、能屈能伸的腳架，因此，自第一天開始，他的名字即被烙印為長短鏡。葉整天忙於為這個人那個人用他們的攝影機拍照，幾乎連提起自己的攝影機的時間也沒有了。除了照相，眾人還懂得攤派給他其他的工作，找他尋覓走散了的隊友、找他陪伴年長的婦人出外購物、找他提攜纍纍的行李、找他負責小組的事務；可是一旦到了分派房舍的時候，葉得到的居所常常是樓宇的高層，說不定沒有電梯，走廊的盡處，火熱狹窄的小室。但他看來滿不在乎，總是微笑、走路、攀山、拍照，尋找更闊的視野，登上更高的山嶺，不出一句怨言，並且隨時對每一個人伸出扶助的手。

我並不是為了照相才到外面來旅行的，我揹起行囊，是想出外好好地觀看，站在任何的角落，從不同的角度，去看山看水，去看靜態或動態的人。除了觀看，每到一個小城，我會尋找一些可以帶回去留念的事物，一個泥人或者一個手編的竹籃，好送給朋友。他們選購了大量的鹿茸、冬蟲夏草、天麻、杜仲，一包一包的髮菜、南棗、茶葉，甚至整盒的皮蛋，我只圍着體積細小的陶鴨、木的柳葉刀、紙糊的老虎。對着一個充滿民族色彩的刺繡背袋，頗為昂貴哩，我着實需要考慮。

喜歡的話，就買吧，葉說。

很美麗的背袋，買下吧，葉說。

葉喜歡過來看我選擇小巧的手工藝品，他總是跑到我的身邊，靜靜地站着，看我這次又找到甚麼。刺繡背袋我再三斟酌，終於沒有買，但過後又有點後悔，我再沒有遇到這麼漂亮的刺繡背袋。不久，大家都知道我搜集各地的手工藝品了，竟一起自動替我留意起來，無論走到甚麼地方，我忽然會聽到他們把我尋找：楊小姐，這裏有木陀螺，要不要買木陀螺？稍後，他們不再稱我楊小姐，只直接叫喚我的名字，他們會從小店的另一端傳話過來：淑群，這裏有藍印花布的背袋，你一定喜歡。是的，藍印花布的背袋，我是那麼地歡喜。無論是木陀螺，還是紙翻花，葉都跑過來看了，一套《西遊記》的木偶，一個玻璃彈子的萬花筒，他都要撿起來瞧個夠。當我剛把新買的一串竹筷塞進背袋，他看見了，也不說話，自去把筷子取了出來。買藍印花布的背袋時，每個人都那麼起勁。真是一群熱鬧的朋友呀。

又有背袋了，葉喊。

是藍印花布的背袋，葉喊。我聽見雨聲。從枕頭底下掏出腕錶，是四點一刻，我掀起床，悄悄推開露台的窗扉，外面果然下雨了，雨線直懸，並沒有飄起來。我把自己的衣物移掛內側的箱上，反手想把李的那些也移轉位置，但不知道她是否會因此要不高興，這使我恒定在空間的手勢一時收不回來，雙手提着她的一件胸衣，但覺僵結而凝重，不明白為甚麼一個女子要披上如此堅硬的外殼。

我沒有挪移李的衣物，掩上長窗回到床邊；床前的風扇發出咯咯的蛙鳴，風勢甚猛，我嘗試把風力轉弱，但我碰上的是個殊異的風扇，只有開和關，不設風速以及定向的按鈕，眼看風扇不停晃擺，每次搖過來，掀起令我窒息的氣流。我想過把風扇擰熄，但不知道又會否招惹房伴的怨怒，或許她跟我不同，是一位極端畏熱的女子。我只好蜷縮在蓆被底下，忍受越夜越涼的寒意。

李的眼睛不知道好了沒有，今天，她的一個眼睛腫了，據李太太的解釋，是由於隱形眼鏡戴久了的緣故。齊集在接待室的大堂喝茶時，李不斷用紙巾擦眼，眾人乘電梯往上層觀看江水，她說不去了，於是一個人靜坐不動。我們在江邊遠眺，仰望雄偉的大橋，卻聽見一個熟悉而令人詫異的聲音：長短鏡，過來，火車來了。替我把火車連橋一起攝下來。

李着實令我吃驚哩。早上穿上一襲露背的衣裙，內衣的肩帶歪歪斜斜地曝赤體外；到了下午，她忽然換替緊窄的棉恤，配上極短的縣布熱褲，密封霜白的絲襪，足蹬半高跟皮鞋，她的洗後略呈變形的棉恤牢牢地纏裹着她的軀幹，使我憶起她的沉墜冷硬的內衣，但見她濕着一邊半紅的腫眼，挺着奇異的胸脯，和我第一次相遇的她，完全變了另外一個人。這就是我的房伴，一個晚上寧謐地躺在床上閱讀辛格小說的女子？

她閉着眼睛，因此我不清楚她的眼患是否已經無恙，晚飯之後，她回來時，我也沒有機會詢探，她仍像別的日子，拋下飯碗搶上樓來，衝進浴室，過了很久才從內室冒出，僅披半身的內裳，上體不知裹了團甚麼，使我畏窘到束手無措的地步，不曉得該把視線安頓在甚麼地方，我一直害怕看見穿戴出常的女子；我只得急急攜撿自己的衣衫，隱進套室，當我出來，她已經躺在床上，扭亮床壁的小燈，攤開一冊書，書本遮蓋了她全部的頭肩，我看不見她的臉。

我們碰上了雨天，江水泛濫了，小城的街道上有人撐船，所有的人高擎傘把，仔細涉水。葉沒有傘，只帶備一襲及腰的風衣，他把套帽翻上，雨小的時候緩慢地跟着大伙兒走，雨大些就作緩步跑。雨漸繁密，眾人把傘壓低，彷彿一頭一頭的蝸牛，所有的腳努力試探石塊，尋找沙洲；全部的手想盡方法把雨水排擠傘外。雨越下越大，各人把自己防衛得更嚴密，李忽然展散一把色彩鬱鬱的油紙傘，躲在傘下，朝目的地急急進軍；葉在雨中速行，直奔至一外簷下才停止腳步，卸脫風衣，揮抖滿身的雨水。雨那麼大，風衣顯然收不了任何庇護的作用，經過簷下的人，提扯褲管，緊按相機，撐着傘一個一個過去了。長短鏡，我要拍這頭銅獅；長短鏡，給我攝這朵石蓮。所有呼喊長短鏡的聲音突然迷失。長短鏡獨自避雨簷下，揚瀉風衣上的積水。我說：讓我打傘，送你這程吧。他笑起來：自己可以了，跑跑就到了，抖散遍體的水珠，把風衣撐越頭頂，踏步揚長跑去。於是眾人站在博物館裏驚歎一座戰國編鐘的華采，捕捉鐘底清勁古遠的楚聲，李搶到最前哨的位置，點頓她智慧的頭手，對編鐘激賞不已。葉停立大堂黝暗的一隅，靜觀這群灰濛濛閉着嘴巴剛自泥土深處甦醒的銅鈴，他整個人從頭到腳都濕透了，雨水不斷自他肌膚滑跌，彷彿他已變為漲升的江流。

雨一直跟隨我們，沿途一片泥濘，連廟宇內的貼金菩薩也好像由於土地的潮濕而堅持坐鎮神座的高處，年長的婦人們紛紛跪下去膜拜，把香枝點燃，把紙幣撒下木箱；我止步柱間，仰望這嶄新粉飾的殿堂，懸掛起無數彩纓玲瓏的垂幡，當我低頭，我看見地面上鋪陳起美麗的草結蒲團。

來敲敲木魚，葉說。

葉遞給我木魚的小槌。

來打打鼓，葉說。

葉把鼓棒交到我手中。

葉總是微笑，語音中凝聚着快樂。我在木魚和鼓聲中卻看見一隻風眼在急速旋轉，風暴正在形成，烈風自背後呼呼勁吹，風暴要來了。風暴曚曨而遙遠，卻似擺晃不可控制的風扇，吹得我遍體生寒。我的病還沒有復原嗎？為甚麼會立足不穩？腳步浮移，滿地的泥斑是這般濕滑，我必須仔細踏步。風在狠狠把我吹襲，我怎麼一腳踩下去空茫茫的，這究竟是怎麼一回事呢，是誰的手把我扶持，使我不致滑倒？差一點，我就跌倒了，差一點，我就會變成一頭泥鴨子了。讓我先定一定神吧。

站得離你遠了些，葉說。

沒能把你扶好，葉說。

我彷彿又看見背後的風扇隆隆地擺動，那風扇是要把我從地面拔走，把我捲得無影無蹤的。我感到寒冷。從枕頭底下移出腕錶，六時剛過，天已經白，我還是起來的好。我輕輕赤腳步出露台，呼吸這山城晨早清甦的空氣，晾衣架上的衣物都沒有乾，但雨已停歇，空氣中彌漫着植物芬芳的甜味，我看見露台下面的花徑裏有人要拳，有人跑步；我看見葉蹲在一叢矮灌木前給一簇花特寫，當他抬起頭來我們高興地揮手。他依然開朗愉快，看來沒有一絲困擾，那麼，早一個晚上，我在輪渡看見的難道不是他，但我明明聽見晶的驚呼：長短鏡，看你把我嚇一跳，為甚麼一個人在黑暗中坐在門檻上，室內有燈，為甚麼不亮燈？我聽見腳步聲，自長廊的那端蹣跚前來，突然停頓，繼續起步，逐漸遠去。

李還沒有醒來，天已經亮，晨光平塗在她的面頰，現在我可以看清楚她的臉，她似乎是不快樂的，在熟睡中仍苦繃愁顏，緊皺眉心。她其實是個典雅的女子，相當莊重溫柔，如果她有比較開放的心靈，彼此何嘗不能成為朋友；我們大概都會同樣對一座戰國的編鐘目定口呆，同樣驚詫於江峽的山水，同樣在空閒時閱讀各類的小說，有甚麼不可以細細暢談呢，但在她的眼中，我是一個完全透明的人。旅途結束之後，我可能不會再見到她了，她也必定不願和我交換地址和電話，不屑在船泊岸時和我道別，說一聲：再見。

船一泊岸，大家自然是四散了，誰會和誰說再見，誰真的希望再見到誰？各人將忙於整理自己的行囊，有人開始數查一疊厚厚的發票，擔心怎樣把那麼多的藥材帶過關卡；有人對着染滿螞蟻的衣篋詛咒；有人搖撥長途電話通知自己的家人到碼頭接船；有人在旅途裏已經計劃下一次的旅程；有一對夫婦說一生一定要去一次南美洲，他們不是去過了麼？各人的腦中充滿另外一批臉，面前的這些人忽然變得迷糊起來，他們都是誰？一群和自己毫不相干的人吧，不過是偶然同車出遊的陌生人吧，在以後的日子裏，承受着時光的沖擦，將被一個一個抹得乾乾淨淨。你是誰？一個寂寞無名的小巴司機，在大嶼山的烈日下淌汗營生。你又是誰？一名衣衫襤褸的老婦人，在上水養着一群雞鴨，攝氏三十八度的日子裏，應該怎樣才能維護雞隻的生命？你們又是誰？無所事事栽花度日的文嬸，一路唱歌的阿麗，旅程結束之後，你們將會成為朋友麼，還是，終於也不外是逐漸把一切淡忘了？那麼，李呢，長短鏡呢，在以後的日子裏，她會在吃飯、乘車的時候，仍要坐在他的身邊？會在學生、朋友、教員、親戚的面前，仍舊親切地呼喚他的名字？如今，大家的照相機都收藏起來了，每人的臉上呈現倦容，沒有人再說：長短鏡，我想拍這過渡的船；

長短鏡，給我攝日出日沒。或者，遊戲也已經結束，一切都變得現實起來，旅途中的慷慨、瀟灑、豪邁、浪漫，彷彿一團團用後報廢的紙巾。眾人眼中的長短鏡，大抵不外是一具活動的攝影機，在過往的旅程中，曾經出現過別的長短鏡，在未來的旅程中，將有新的長短鏡走來，遊戲已經到了結束的時候。

船終於泊岸，各人從不同的座位站立，挽提自己的行李，爭先競奪上岸，他們奔向計程車的總站截取最先駛來的車輛，他們趕去躍登第一艘靠岸的新船；有人被接船的人圍聚在圓心，有人不停掏硬幣撥電話。碼頭這邊不久就空蕩蕩了，置在鐵欄的旁邊，一個咿咿啞啞的皮箱在地面上被拖得擺晃不定。一船的人忽然散盡，三五成群的人，踽踽獨行的人，連綿隱隱。李在父母與行裝之間，忽然抬起頭，款步走向我，從布袋裏掏出一件東西。給你。原來是那個民族刺繡背袋。還有這小說，我看完了，也給你。我來不及反應，她轉身走了。花彩的裙裾在蒼茫的暮色中流失，這位我相處十多天的房伴，我始終無法寫出她的名字。

我的一個小衣篋很久才從運輸帶上傳下來，這衣篋和我出發時沒有多大的分別，依然很輕，我喜歡輕便的行囊，這使我在旅途中沒有甚麼負累，衣篋內如今多了幾個繡花或印花的背袋，泥人和竹筷，木刀和剪紙，我將把它們分別送給我的朋友，並且告訴他們，這些帶自遠方的事物，是我在旅途中認識的或者來不及認識的朋友，每到一個地方，替我留意，為我提示而得來的，他們曾在不同的城鎮，懇摯地把我呼喚，告訴我，那邊有一種泥塑的麻雀，吹奏起來，隱約蓄含溪澗的水聲。

我提着行李步出圍欄，葉還沒有離去，站在碼頭的出口，揹着艷陽色的背囊，肩負攝影機，他的微笑依然溫煦而晴朗，他說：你的行李這麼輕。我說：是的，我的行李輕。在旅途中，他曾經受過一點傷，我想他大概已經痊癒，因為他看來步履輕快，神采飛揚。再見，他說。我說：再見。

一九八〇年九月十五日

冰箱

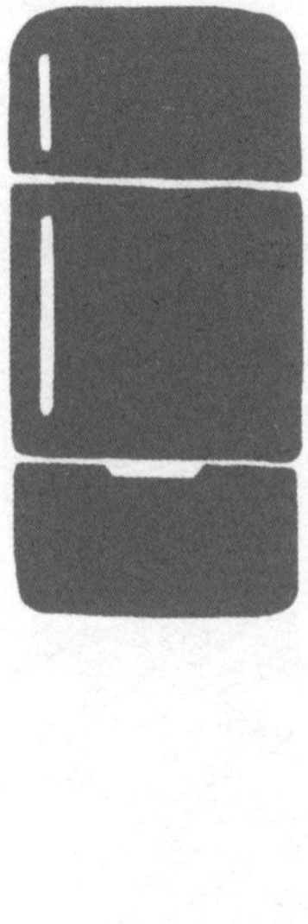

我們在攤開的地圖上，用鉛筆圈住了一個名字：三地門。地圖上有兩道河水，一條叫南隘寮溪，一條叫北隘寮溪，三地門就在河道交匯的西北方。河流的上游棋佈着魯凱族其他的村落：伊拉、華蓉、霧台、去怒、阿禮、好茶。更西的遠處是大武，更北的極端是大社。

「能上霧台嗎？」

「山路已經開發到伊拉。」

「必須乘搭鐵牛車才能上山。」

「但我們並沒有入山證。」

一份文字的資料這樣簡單地報道：山路蜿蜒，盤旋曲折。左邊是峭岩巉壁，右方是萬丈深淵；遠山青藍，近樹翠綠，漫山遍野海棠。

於是我們整理行囊，從屏東起程，上三地門去。我們決定每天到一個新的地方住宿。還有許多地方我們要逐一前去，還有更多的生活我們需要去一一了解。

「他們仍在頭上戴很多的花嗎？男子戴白色的山百合，女子戴菊黃的金針花？」

「除了花，還有鮮果串成的環形頭飾，使用的材料有檳榔、小橘子、五彩辣椒和一種叫做加拉加的雙色漿果。」

「還有鷹羽和山雉毛，甚至活生生的紋黃鳳蝶。」

「他們的頸上會掛珠串，那種珠子，叫做古琉璃珠，上面有複雜美麗的花紋。」

「他們衣服的袖口、領圍、前襟和裙緣都繡着圖案，刺繡的方式有十字鏽、緞面繡、銷針繡和圈飾繡。」

「十字繡上有八角星形紋，緞面繡上有菱形紋。」

「刺在衣邊的圖案都是枝葉形紋和方格交錯的螺旋紋。」

「我們必須注意他們的雕刻。」

「居屋上的立柱、簷桁、壁板、床沿、天花板上都雕着蛇紋、蔓草紋或風車紋。」

「穀桶、匕首、番刀、木楯、罩杯、湯匙、木梳、煙斗、火藥筒、杵臼和木枕等等，則刻上金錢紋、重圓紋和曲折紋。」

在車子上，我們誰也沒有打瞌睡。我們曾經在不同的地方停駐，很多時只為了那裏的山水和古老的村落，譬如佳樂水、淡水和墾丁的海岸；譬如鹿港、板橋和南方澳。可是如今我們不再只為了看山看水看古老的小巷和村屋，我們是去看看魯凱族的山胞，他們的風俗和生活習慣，對我們來說，充滿色彩與傳奇。

「他們還紋身嗎？」

「他們還用紫茉的汁液染黑齒面嗎？」

「他們仍過漁獵生活嗎？」

「他們仍出草嗎？」

「他們仍住板岩的地室嗎？」

「他們仍種植小米、地瓜、花生？」

「樹豆和旱芋嗎？」

「他們仍吹奏那種樂器？鼻笛、弓琴？」

「臀鈴和杵樂嗎？」

車程是悠長的，我們繼續談及三地門的種種色彩，一面對着車外的懸崖和峭壁驚呼起來。車子不斷盤旋上路，空氣越來越清涼，我們終於到了海拔很高的地方，而且經過了無數的山。

「魯凱族是原始的民族。」

「歌舞的民族。」

「獵頭的民族。」

「百步蛇的民族。」

抵達三地門的時候，已經是午後。從車上下來，我們沿着一條彎彎曲曲的小路步向對面的一座山。山坡上長滿各種樹木，許多不知名的植物，偶然有一些很小的花朵從雜草中探出頭來。沒有人知道，它們會不會就是山百合或者野海棠。

在我們的身邊有幾個小孩，趕着一頭牛，穿着素色的襯衫。女孩子穿花布短褶裙，男孩子着短褲，腳上都踏帆布鞋。他們的頭髮很短，有的梳辮子，就像任何的村童一般。我們步上斜坡，轉到山的背後，在兩座大山之間，我們看見一座鋼骨水泥的大橋，沉重的貨車載滿了磚石在橋上緩緩地駛過。我們一面過橋一面打開地圖，這個地方曾經有過一座繩索的吊橋，現在已經改建為更堅實耐用的橋樑。

過了橋，我們步入一片廣闊的空地。在山坡上，我們看見一排一排的茅屋：簡陋，但整齊。婦人在屋與屋之間走動，穿着布襯衫、布裙子，普通的衣服。沒有一個人的手上臉上有刺青，沒有一個人的頭上戴五彩辣椒和檳榔，也沒有一個人的頸項上掛琉璃珠。

我們沿着小村慢慢走，屋子的門楣上並沒有蛇紋的雕刻，門外沒有杵臼，一張矮小的木凳上沒有四葉形紋的圖案。在一扇敞開的門背後，我們瞥見了一個白色的冰箱。冰箱，我們禁不住驚歎。四周一片寧靜，人們生活，人們工作。我們只看見居住在這村落的人有黑黝的太陽色皮膚和晶亮明麗的大眼睛。

沒有板岩的地室，沒有染黑的牙齒，沒有刺繡的衣裳，沒有鷹羽和山雉毛，沒有番刀和匕首，沒有穀桶和木楯，沒有出獵的鼓聲。我們站在山坡上，遙望底下寬闊的灰塵翻飛的橋道，又有一輛沉重的貨車駛過橋去了。

「這裏是三地門嗎？」

「是的。」

「這裏是魯凱族的村落嗎？」

「是的。」

「感到失望嗎？」

「我想，或者，我們應該感到欣慰。」

一九八一年六月十四日

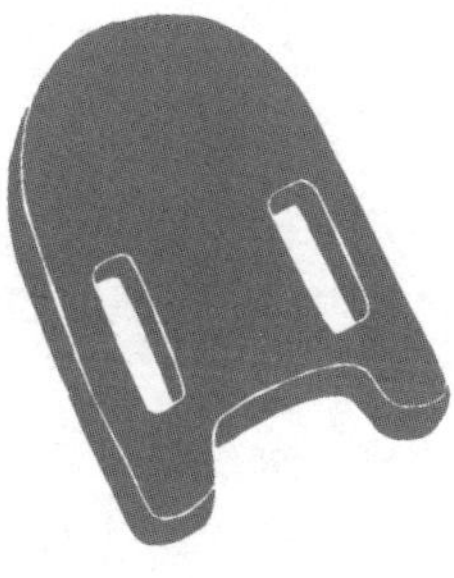

浮板

我的游泳老師如果看見我現在的這個樣子，他將要怎樣地搖他的頭啊。此刻，我站在泳池的邊緣，站在才四尺深的水中，背脊平貼着池邊的磚，呆呆地瞪着面前的綠水。我並沒有游泳，我只是站在水中，因為我的手中並沒有浮板。

跟游泳老師第一次上泳棚的時候，看見了水是那麼地歡喜，兩隻腳興奮地踏在嘎嘎發聲的竹梯上。泳棚沿海建搭，水深都超過十尺，而我是一個不會游泳的人，但我並不害怕。老師給我一塊浮板，那是一塊結實的木板，很重，但落在水面，竟輕飄飄地浮起來。老師指導我如何左右兩邊扶按木板，讓自己浮在水面，並且踢踢腳，使自己前行。起先我緊緊地按着浮板，就和浮板一起沉下水去了，身體也傾側起來，還狠狠地喝了好幾口水。後來才體驗到一點兒也不必用勁，該把自己當作是空氣，才在水面浮起來。

整整的一個星期，我扶着浮板，依靠雙腿的蛙扒，使自己前航，在一條泳線之內，來來回回踢腳，有時候偶然也喝一口水，但身體總能夠保持平衡，越游越輕鬆了。並且依靠浮板的力量，跟着老師出海，上了浮台。站在浮台上，竟敢直挺挺地躍入水中，冒出水來，浮板已經在我的面前了；老師並且教會了我跳水，把兩腳的大拇趾緊按着浮台的邊緣，吸一口氣，彎腰，用力一撐，雙手揮撥到耳朵背後，整個人輕輕前縱，插入水中。我記得老師說的話：把手指向上指，可以很快冒回水面；手指朝下，可以深潛入海。每次當我冒出水面，我立刻看見了我的老師和我的浮板。

是在學會跳水之後，老師才帶我在沙灘上，站在岸邊淺水裏，用手撥水；一面撥水，一面有秩序地把頭埋入水中呼吸，然後學習平伏在水面，手一下、腳一下，配合着移動，就這樣，我學會了游泳。不久，跟着老師，也能夠出海，游到浮台，從浮台上輕輕一躍，就能潛離八尺遠。

學會了游泳之後，我竟再也沒有見到我的游泳老師了，也沒有見到那塊結實的浮木板。為了便於練氣，我自己另外買了一塊塑膠的浮板，每次出海游泳都帶着它。因為有了浮板，我竟變得懶惰了。我喜歡把頭側臥在浮板上，輕輕踢踢腳，緩慢地在水中行進，這樣子，游着游着，浮板成為我身體的一部分，成為我的手、我的腳，過了許多個夏天。

這個暑期，由於來往海灘的路途遙遠，我改了前往市區內的泳池游泳，我挾着我的浮板到來。到了泳池門口，我才驚覺，泳池不同海灘，浮板是不容許帶下泳池的。沒有了浮板，我不得不試試自己徒手游泳。多年來一直依靠那麼一塊浮板，我發覺我原來不會游泳了，呼吸怎麼會那麼急促？心裏怎麼會那麼慌張？身體也歪歪斜斜搖擺不定，手和腳變得陌生起來，並不能好好地配合撥水。我手忙腳亂，喝了不少水，結果站在池邊嗆咳起來。

沒有了浮板，我該怎麼樣呢？站在池邊，雙手空空的我，簡直像一頭膽怯的松鼠。我可以看見泳池底一條一條的橫線，一條、兩條、三條，大概一共是七條吧，七條橫線把泳池縱切為八等份。水面忽然揚起了水花，橫線都看不清楚了，是一個以青蛙姿式的人游過去了，另一個，以自由式的捷泳左右左右衝過來。波浪都沖到我的臉面來。我感覺如果移動一下，池畔的一條水管同樣會有猛烈的激流衝撞出來，使我站立不穩，我只好避開了那股水流，畏怯地縮在一個角落裏。

我看見面前的一些人，泳着蝴蝶或水蛇的姿態。有幾個人，悠閒地已經來來往往了許多個轉次。即使在我身邊的幾個小女孩，曾經像我一般猶豫了許久，終於也骨碌一聲，撲進水裏，手腳扒動，跌跌撞撞地朝前面游過去了。我於是問自己，我到泳池來是做甚麼呢？

會游泳的是浮板，而不是我？我想，一切都可以重新開始的吧，讓我不要再依靠任何的浮板，讓我先學習在水中撥撥手，把頭埋入水中呼呼氣，然後，讓我平伏在水面，冷靜地，緩慢地撥一下手，踢一下腳。是的，讓我重新開始，找回游泳的記憶。

一九八一年八月二十七日

幾句代跋

《石頭與桃花》分兩卷，卷一是西西近年的作品，大抵是從二〇一五年至二〇一九年；卷二是舊作，最早的一篇遠溯到一九六一年，是一則愛情小品。卷一佔去大半篇幅，無疑是重頭戲；餘下的就當是主菜之後的甜品吧。何妨改變習慣，甜品先嚐。書名的「石頭」應綴自其中的〈石頭述異〉，「桃花」則是〈桃花塢〉。不過，植物可以勇敢地從困難的石隙茁長，我們又何妨運用聯想，桃花從石頭裏舒伸。

〈石頭述異〉一篇，我告訴她我寫過〈石城述異〉的散文，寫的是遊石城佛羅倫斯的印象，她說記得，但不妨事。其實她的石頭小說，靈感也來自我和三位朋友遊歷山東武梁祠的經驗，多年前她對漢代畫像石已很有興趣，多方搜集資料，早就先我們到過武梁祠，只不過是臥遊，她尤其念念不忘石刻中七女復仇的傳說，一直想寫。她要我仔細地把遊歷的過程轉告，加上參考朋友和我拍攝的照片，到她寫出來，我們都很驚異，她轉化和想像的能力。小說中可以看到她對事事物物尋根究柢，鎮定、從容，不減當年。希望她的讀者也有耐心，隨她一路追索，像過去她寫的〈圖特碑記〉、〈肥土鎮灰闌記〉。至於〈桃花塢〉，跟另一篇〈星塵〉，都運用了科幻的手法，且有元宇宙（metaverse，或譯魅他域）之思，都有深意。〈星塵〉中她模仿貓兒花花的語言，花貓一直是吾家主人，從多年前的貓兒妹，到花花，然後到如今的妹妹，都是她的異類摯友，經常出現在她的散文裏、詩裏，其中花花活了十九年，和西西最要好，她聆聽到牠發出不同的聲音，表達各種意見。在〈桃花塢〉中，花花一變成為一座超級電腦。集中最長的一篇是〈土瓜灣敘事〉，曾以小冊子形式附在一本雜誌，是用散文、小說和詩去寫一個她熟悉的地方，裏面也見花花的身影；另有前言，這裏不再重複了。

卷二的舊作曾先後在報刊上發表，篇幅都較短，找回後改正誤植之類，改得最多的是〈一封信〉，發表於一九七四年，二〇一六年修訂，已近乎重寫。兩卷小說俱未曾出書。

去年四月西西入院留醫一月，才知道她曾中風，幸好不致太遲，住院期間得以詳細體檢，對各種疾病下藥，改正長期不妥的飲食習慣（缺鈉、營養不良等等），如今身體反而好多了，只是已難以再執筆寫作；畢竟年事已高，也不宜這方面用神。這書是我受命替她整理文稿的安排。她對自己已經發表的作品，過去真可說視如敝屣，發表之前用心經營，發表後卻很少剪存，剪存了也藏之太密，往往不易再找出來。長期以來，她專注寫作、閱讀，精神許可的話，旅行。例如《我城》、《候鳥》、《織巢》、《試寫室》等書，都有賴朋友提供剪報。右手失靈之後，二十多年來，熟悉的朋友都知道，通訊、文稿的處理，都由我代辦，有時甚且讓我決定。我當然義不容辭。不過，在差不多完成長篇《欽天監》時，經朋友提醒，她做了一紙委託聲明：文稿交我全權管理；其後並經律師驗證。這果爾有先見之明，因為過去書刊轉載她的作品，大多取得她的授權，卻偶有不曾徵求她的意願；前年更有人要翻譯她的作品，逕向香港藝術發展局申請資助，並稱已取得她的同意。只能樂觀地說，這或是出於誤會，沒有溝通之故。翻譯她的作品，自是無任歡迎，只恨太少，但不可不知要經過合情合理的程序，作者的權益必須保障。這書卷二的作品，也是朋友輾轉找來的，重新打字，她看了，初覺面善，終於相認。

感謝中華書局，責任編輯張佩兒非常仔細用心。

何福仁

二〇二三年一月

小說發表日期

卷一

〈文體練習〉：二〇一五年五月

〈仿物〉：二〇一六年十二月

〈星塵〉：二〇一七年二月

〈石頭述異〉：二〇二〇年八月

〈桃花塢〉：二〇二〇年十月

〈土瓜灣敘事〉：二〇二一年九月

卷二

〈離島〉：一九六一年一月三日

（＊並不等於寫作日期）

〈一封信〉：一九七四年六月二十日
〈我從火車上下來〉：一九七六年三月五日
〈泳〉：一九七六年五月二十四日
〈划艇〉：一九八〇年九月五日
〈風扇〉：一九八〇年九月十五日
〈冰箱〉：一九八一年六月十四日
〈浮板〉：一九八一年八月二十七日

責任編輯 張佩兒
裝幀設計 簡雋盈
排　　版 時　潔
印　　務 林佳年

石頭與桃花

西西 著

出版
中華書局（香港）有限公司
香港北角英皇道四九九號北角工業大廈一樓B
電話：(852) 2137 2338
傳真：(852) 2713 8202
電子郵件：info@chunghwabook.com.hk
網址：http://www.chunghwabook.com.hk

發行
香港聯合書刊物流有限公司
香港新界荃灣德士古道二二〇─二四八號
荃灣工業中心十六樓
電話：(852) 2150 2100
傳真：(852) 2407 3062
電子郵件：info@suplogistics.com.hk

印刷
美雅印刷製本有限公司
香港觀塘榮業街六號海濱工業大廈四樓A室

版次
二〇二二年四月初版
二〇二三年三月第四次印刷

規格
三十二開（190mm × 130mm）

ISBN
978-988-8760-82-4